元最強暗殺者は田舎でひっそり神父になる

~大出世した教え子たちに慕われるおっさんが暗躍する話~

ケンノジ ill.玲汰

「世界平和のため、おまえのような毒虫は排除しなければならない」
「王国の陰」と恐れられた
元最強の暗殺者
ザック・オレガノ

「ようやく一息つけますね」
ザックと元同僚の
凄腕のシスター
レベッカ
「ありがとう、レベッカ」
「いえ。私もいただきます」

「武術師範として我が第三騎士団にお迎えしたいのですが、いかがですか？」
ザックの教え子にして王国最年少騎士団長
エミリア
「わかりました。引き受けましょう」
旅の剣士に変装したザック
クイール

「どうして私たちに
良くしてくれるの？」
「大人が子供を助けるのに、
理由はいらないだろ」
ザックの教え子にして
聖王の末裔
ロザ
農夫に変装した
ザック
アダムス
「僕も先生みたいに
敵をばっさばっさと
やっつけたいんだ！」
ザックの教え子にして
元盗賊団の雑用係
ソフィン

「聖王の御名の下、
粛清する」

CONTENTS

motosaikyou ansatsusya ha
inaka de hissori shinpu ni naru

元最強暗殺者は田舎でひっそり神父になる

～大出世した教え子たちに
慕われるおっさんが暗躍する話～

ケンノジ
ill.玲汰

プロローグ

ルキウス暦八八五年。

ローゼル・ドゼル伯爵は焦《あせ》っていた。

広い執務室を所狭しと歩き回り、神経質そうに親指の爪をかじる。

敵国へ内通していること、密《ひそ》かに物品を輸出していること、それらが王に露見したという。

十数年に渡る世界大戦が終息に向かおうとしている頃のことだった。

「レオポルド！　レオポルド！」

ドゼル伯爵は苛立《いらだ》ち交じりに側近である老執事の名を呼ぶ。

「……亡命せねば。一切を捨てなければ破滅する」

内通し情報を流していたとなれば、極刑は免《まぬが》れない。

幸いにも『輸出品』さえあれば、彼国《かのくに》でやり直しはいくらでもできる。今は早々に見切りをつけて領地を離れることだった。

「この見切りの早さこそ、ローゼル・ドゼルの真骨頂……！　フハハハ！　地位に固執して破滅するほど愚かではないぞ」

室内に笑い声を響かせ、側近の到着を待つ。

motosaikyou ansatsusya ha inaka de hissori shinpu ni naru

「旦那様、お呼びでしょうか」

「遅いぞレオポルド！　こんなときに一体何をしている！　さっさと入らんか」

ローゼルが扉の向こうにいる老執事を叱責すると、レオポルドが中に入ってくる。枯れ木のようないでたちに、執事服を今日もピシッと着込んでいた。

「どうかなさいましたか」

「何をのん気な！　王国の内情を漏らしていることがバレたのだ！　例の輸出もだ！」

「なんと。それはそれは……」

驚きを口にするレオポルドだが、どこか他人事のようでもあった。ローゼルはその態度に違和感をも覚えつつも、早口で伝えた。

「我が領地は捨てる。今から私は伯爵ではない。家族を集めよ。今すぐ亡命する。ああ、『輸出品』も連れていくぞ」

「品は一体どこに？　王国の内偵すらも欺き続けたほど、ご自身のみで管理されてきました。まさに水を漏らさぬ徹底ぶり」

「そなたには、色々と世話になったな。その礼ではないが、最後に教えてやろう」

ニヤリと口元だけで笑んだローゼルは、執務室をあとにする。

レオポルドもその後ろに続くと、ローゼルは屋敷の地下に下り、とある一室の前にやってきた。

「やはりここでございましたか」

「何人たりとも開けることは出来ぬ、開かずの部屋。私以外はな」

レオポルドの目がすっと細くなり、眼差《まなざ》しが冷える。

彼の表情を知らないローゼルは、扉をつん、と触った。

すると、ふわっと扉全体が明るくなり、全体を覆っていた魔力の鎖が浮き上がった。

「普通はこうなって奥に進めないが……私が魔力を流すと……」

ローゼルが少量の魔力を手の平に集め鎖にかざすと、パキンと音を立て結界が破られた。

「こういうワケだ」

手品の種明かしをしたかのように、ローゼルは得意げな顔で背後を振り返る。

「カギは本人自身だろうとは思っていたんだ」

「レオポルド……？」

ローゼルが振り返り、眉を顰《ひそ》める。老執事は尊大に腕を組み、顎に手をやって感心した様子だった。

「やはり特殊な結界だな……調査中は手出しできなかったが、完全にクロとわかった今、強引にいかせてもらうぞ」

口調、態度、それらがローゼルが知っている老執事ではなかった。

ローゼルはハッとすると、思わず一歩後ずさる。

「き……貴様、誰だ⁉　レオポルドではないな⁉」

「おまえの腹心はもう死んでいる。二か月ほど前に始末させてもらった」

「何……⁉　何者だ貴様！」

得体の知れない何かに、ローゼルはさらに後ずさりした。

レオポルドは、耳の下あたりに手をかけ、面《おもて》の皮を思いきり剝《は》いだ。現れた顔は、まったく違う男の顔だった。

年齢はわからない。若いようでもあるし、案外年を食っているようでもある。枯れ木のようだった風体は、今では通路の暗闇に同化しているようではっきりとはわからない。

「名乗るような名はない。俺はただ仕事をしに来ただけだ」

冷たい地下水のような低い声。鋭い眼光がローゼルを見据えていた。

「れ、レオポルドに化けて王に密告したのも貴様だな⁉」

当然だ、と男はうなずく。

「世界平和のため、おまえのような毒虫は排除しなければならない」

ようやくローゼルが答えを得た。

「まさか……王国の陰と呼ばれた暗殺者……」

息を吞《の》んでじりじりと距離を取るローゼル。噂《うわさ》で聞いたことがある。それを思い出すと、知らずと冷たい汗が背中を伝った。

「王国の陰」『断罪者』『王の隠し刀』――。

呼び名は様々だが、やることは決まってひとつ……王国に不利益をもたらす者の暗殺だった。

「俺がどう呼ばれているかに興味はない」

男が腕を伸ばすと、す、と手には小さな果物ナイフが握られた。

「『輸出品』の一割！　一割の金を渡そう。それで汚れ仕事をせずとも暮らしていけるはず。ど、どうだ、悪い話ではないだろう？」

「……」

何も聞こえなかったかのように、男はまた一歩ずつ近づいてくる。

「三割……！　い、いや全部、全部だ！　すべてをくれてやる！　だから見逃してくれ！」

そうこうしている間に、結界が復活し扉に鍵がかかってしまった。

それと男が承諾するのは同時だった。

「わかった、いいだろう。扉をもう一度開けてくれ。品をこの目できちんと確認したい」

「は、ハハハ……！　は、話のわかる男じゃないか。こ、この見切りの早さこそ、ローゼル・ドゼルの真骨頂」

震える足を必死で動かし、再び扉の前で結界を解除した。

その手に果物ナイフが突き刺さった。

「ぎゃああああ⁉　なっ――何を⁉」

「言っただろう。排除するのが仕事だと」

「そんな仕事なんぞする必要のない大金が手に入るというのに！　バカめ！」

雑にナイフを引き抜かれ、ローゼルは痛みでまた悲鳴を上げた。

「子供を売って金を得るより、おまえのようなクズを殺すほうが何倍もマシだ」

男が中を覗《のぞ》いてみると、室内はまだ幼い子供が二〇人ほどいた。

膝を抱えて丸くなっていたり、虚《うつ》ろな目で宙を眺めていたり、おおよそまともな状態ではないことが一目でわかった。

「子を攫《さら》い、他国に売り飛ばし小遣いを稼いだ貴様は、許しておけない」

「だ――だったらなんだと言うのだ！」

開き直ったローゼルは、手に魔力を集める。

「薄汚い暗殺者め！　私が誅殺《ちゅうさつ》してくれる！　『光よ！　我、神罰の代行者となり――』」

魔法の詠唱をはじめたとき、暗闇を血濡《ぬ》れたナイフが一閃《いっせん》する。

音もなく放たれた小さな一撃が、ローゼルの喉を捌《さば》き、首を無理矢理かしげさせた。

「あがッ、たっぱ……ぁ」

ローゼルは呻《うめ》き声を上げ、裂け目ができた喉に手をやった。

「子供を守り育てるのが大人の務め……それを強引に攫い『輸出』していた貴様の罪は重い。死んで償え」

すれ違いざまに男が言うと、ローゼルは壊れた噴水のように周囲に血をまき散らし倒れていった。

ザック

「子供を商品扱いするなんてな。特権階級だけあってタチが悪い。おまえのような貴族は死んで当然だ」

俺は壁に寄りかかったまま事切れたローゼルにつぶやく。

部屋の出入口で起きた事件は、子供たちは見ていなかったようで、俺が中に入ると見慣れない不審者を警戒するように距離を取る。

そういった反応を示す子はいいが、生きる気力さえない子はうずくまったまま動けないでいた。

……可哀想《かわいそう》に。

ローゼルが攫ったのは、種族も身分も多種多様。共通するのは六歳ほどの子供ということだった。

この光景を目《ま》の当たりにすると、殺したはずのローゼルへの怒りがまた湧き上がってくる。

気持ちを鎮《しず》め、俺は部屋の中心でしゃがむと、ぼそっと言う。

「助けにきた」

正常な反応を見せていた子の様子が変わるのがわかる。

俺はもう一度繰り返した。

「助けにきた。外に出られる。父や母の下に帰ることができる」

端的に伝えると、寄り添い合っていた子がわっと甲高い歓声を上げ、それを皮切りにいろんな子が喜び、嬉《うれ》し涙を流していた。

どれだけ不安で、どれだけ怖くて、どれだけ絶望していたのか。

攫われてからの日々を想像するだけで胸が痛い。

不安定な世界情勢は、いつも弱い立場である子供を犠牲にしてきた。

俺にはどうすることもできず、助けられることもできず「こういう世の中だから」と言い訳して
仕方ないことだと諦めていたが、ようやく助けられた。

準備をすると俺は言い残して、部屋の出入口にあった死体を片づけ、脱出経路を再度確認。邪魔
が入らないことがわかると、地下室に戻り、子供たちを引き連れて地上に出た。

久しぶりの光に眩《まぶ》しそうにする子供たちを見て、思わず笑みがこぼれる。

「……おじさん、ありがとう」

一人の女の子が俺に言うと、俺は目線を合わせた。

「どういたしまして。……遅くなって申し訳なかった」

ううん、とその子は首を振って笑ってくれた。

なんというか、胸が温かくなる。

無垢《むく》な子供たちを助けるというのは、こんな気持ちになることなのか。

近隣の子だというのがわかったので、一人ずつ家に送っていくことにした。

家の前で別れ、笑顔で俺に手を振ってくれる。

……また温かな気持ちになる。

ある子は笑顔で、ある子は嬉し泣きしながら、別れ際《ぎわ》の反応は様々だったが、みんな、俺への感謝を口にした。

全員を家に帰す頃には、もう夜中となっていた。

今頃みんな、家族との再会を喜びあっているところだろうか。

「最後もいつも通りの仕事になると思ったが、こんなことになるとはな」

予想外の一日を終えて、帰路を辿《たど》る。

「俺みたいな者の最後の仕事にしては上出来だな」

俺の呼び方はいくつかあるが、特定のものはない。ざっくりと定義するのであれば暗殺者と呼ぶのが一番わかりやすいだろう。

世界大戦がはじまり、王国の内外で国に害をなす人物が増えていくことで、自然と俺の仕事は増えていった。

だが、戦争も近日中に終結する。

となれば、仕事が減るのは自明の理。

俺のような存在がいたとはっきり知られれば、王国としても体裁が悪いだろうから、このへんが引き際だろうと考えた。

ローゼルの調査と証拠を摑《つか》んだら暗殺する――それが最後の仕事だと決めた。

今後はどういう暮らしをしていこうかと考えていたが、一向に答えは出ない。

戦闘術を研ぎ澄ますことに日々費やしていたせいか、それ以外のことならなんでもしていい、と言われると、不思議と何をしていいのかわからなかった。

真っ白な巨大なキャンバスに好きに絵を描けと言われているような感覚で、俺は残りの人生をどうすべきか途方に暮れていた。

——というのが昨日までのこと。

今日の出来事で、何をすべきかわかったような気がした。


報告のため、指定された公園にやってきた俺はベンチに座る。誰もおらず、月明りだけが唯一の光源だった。

「お疲れ様でした」

背中合わせになったベンチのちょうど対角線上に女の子が一人座るとぽつりとつぶやいた。

俺の仕事の窓口をしてくれている少女……レベッカだった。

こんな夜中に女の子が一人歩きするのは危険だが、彼女もそれなりに腕がある。絡《から》んでくる輩《やから》がいれば、逆にその輩の心配をしなくてはならないほどだ。

「ザック、あなたにしてはずいぶん時間がかかりましたね。何か想定外のことでも?」

「『輸出品』を家に帰していた」

「……仕事と無関係では?」

「ああ。いいんだ。もうあれで最後だからな」

「そうですか。『冷血の隠し刀』と呼ばれたあなたが、ずいぶんとハートフルなことをされるのですね」

「ハートフル、か」

くく、と俺は小さく笑う。

「顔にも行動にも言葉にも出さなかったからレベッカは知らないだろうが、これでも俺は子供好きだという自覚がある」

「意外です」

「……仕事を辞めたら何をするか、聞いてきたことがあっただろう？」

「ええ。ほんの興味本位で」

「田舎に児童養護施設を作ろうと思う」

金は十分ある。

子供を守り育てるのが、俺の使命で生きがいになる。子育てなどしたことはないが、それを暗殺の償いとしよう。

「仕事があれば誰であれ手を下してきたあなたが、児童養護施設ですか」

「笑えるか？」

「いえ。気になった点をひとつ伺っても？」

「おい。そんなこと訊《き》くな」

「まだ何も言ってないです」

「俺が下心で孤児を集めるのではないか？　そう言いたいんだろう」

「……」

はあ、と俺はため息をつく。

「俺は欲望を綺麗《きれい》ごとで包んで偽装するような人間が嫌いだ。対象が子供であればなおさらな」

「意外なことに、あなたはかなり清廉な好漢のようですね」

「汚れ仕事は、あくまでも仕事だからな。俺の人間性を反映させたものではない。そんな奴《やつ》だったら、あの仕事は一年ともたないだろう」

「……確かに」

「そういうわけだ。最後の報告、頼んだよ」

腰を上げると、見納めになるであろう彼女にちらりと目をやる。

理知的で切れ長の目をした美少女。面立ちはまだあどけない。長い赤髪を後ろでまとめ上げ、首筋がのぞいている。

「今まで世話になった。ありがとう」

一言残して、俺は席を立った。

レベッカは、俺以外にも担当しているエージェントがいるという。詳しくは知らないが。

彼女は、ああして闇の中で暮らしていくのだろうか。

「……なあ、もしよかったら――」

振り返ると同時に切り出すと、ベンチには誰もいなかった。

上手《うま》くいくかもわからない児童養護施設の運営を手伝ってほしい、なんて、頼んでも受け入れてくれるとは思えないが、もっと早く思いつけばよかったな。

まあ、仕方ない。

彼女には彼女の生き方がある。他人の俺が背負えるものではない。

「さようなら。君の幸せと安寧を祈るよ」

そうつぶやいて、俺は歩きはじめた。

1 神父さん

俺は目をつむり胸の前で軽く手を握り、神への感謝を口にする。

「星々の導きに感謝し、この食物をいただきます」

大きなテーブルを取り囲むようにして座る子供たちが、俺に続いて祈りをつぶやく。

テーブルの上には、パンと根菜とスジ肉を煮込んだスープがおいてある。祈りが終わった子たちは、今か今かと俺の号令を待っていた。

「では、いただこう」

「「「いただきます！」」」

声がいくつも重なると、子供たちが一斉に夕食を食べはじめた。

暗殺稼業《かぎょう》を引退してもう一〇年。俺は四五歳になっていた。

あれから、王都から離れた田舎町――このグリーンウッドの教会で神父として務める傍《かたわ》ら、私財を使い施設を開き、身寄りのない子供たちを預かり日々暮らしていた。

施設をホームと呼び、今は一七人の子供が生活している。

大半が、戦争により家も親も失《な》くした子供ばかりだった。

「ゆっくり、よく噛《か》んで食べるんだぞ。パンはどこにも逃げないからな」

お決まりのセリフを口にして、がっつく子供たちを諫《いさ》める。

「はーい」

聞き分けのいい子もいれば、

「噛んでも噛まなくても食べたら一緒じゃん」

聞き分けの悪い子もいれば、ガツガツガツ、と夢中でそもそも話を聞いてない子もいる。

いろんな子がいるおかげで一緒に暮らすと毎日刺激的で、この生活をして飽きたことは一日たりともない。

下は四歳、上は一二歳と年齢もバラバラで、全員が足並みを揃《そろ》えてできることは食事と入浴くらいだった。

結婚も子育てもしたことがない俺は、子供が好きだから子供を育てるという、一種の理想論的な綺麗《きれい》事でこの生活をはじめたが、最初の頃は苦労の連続だった。

まずはじめに一人をきちんと育ててみることを目標にしたのは、正解だったと言わざるを得ない。

いきなり何人も受け入れていたら、破綻していただろう。

最初の子が手がかからなくなる頃には、下の子を受け入れられる余裕ができた。上の子が成長していけば、それなりにこちらの『戦力』になるからだ。

一番上の子が下の子の面倒を見るという習慣ができたのは、振り返ってみれば最初の子エミリアと二人目の子アルテミスを育てていたときだったように思う。

そうして預かる数を増やしていき、一五歳を迎えた子は、例外なくこの教会を卒業させている。

苦労した分、巣立つ子を見送るときには、非常に感慨深く、誰にも見られないようにこっそり涙した。

愛をもって接した分、離れ離れになるときの寂しさというのはひとしおで、これまで味わったことのない切なさを感じたものだ。

何人送り出してもあの別れは慣れない。毎回泣いてしまう。それだけ俺も年を取ったということだろうか。

「あ。虫」

奥の席で一人が明かりにつられて中に入ってきた虫を指さした。

「ッ」

その瞬間、俺はパンクズを固く丸め、即座に虫に向かって放つ。

指先ほどの小さな蚊のようだったが、パンクズ弾が直撃。ひらり、と床に落ちていった。

ふう、と誰にもわからないように安堵《あんど》の息を吐く。


誰かが刺されたら大変だ。

患部が赤くなって、かゆくなる……！

非常に危険な場面だった。

俺の動きに気づいた子はいないだろう。

「あ、あれ？　消えた？」

「いないじゃん」

「見失ったんだってば。多分まだどっかにいるって」

パンパン、と俺は手を叩《たた》く。

「まだ食事の時間だぞ。追い払うのはあとにしよう」

「はーい」

俺の反応速度は、まだまだ衰えてはいない。

現役時より体力は落ちたかもしれないが、瞬発力のようなものは、むしろ鋭くなった気さえする。

ガヤガヤと賑《にぎ》やかだった食卓が一段落を迎えると、次は入浴の時間となる。

上の子たちが率先して下の子の世話をしてくれるので、俺が手を出す必要はなく、任せられるため非常に助かる。

「どうぞ」

肩越しからそっと手が伸び、テーブルに葡萄酒《ぶどうしゅ》が置かれた。

「ようやく一息つけますね」

「ありがとう、レベッカ」

「いえ。私もいただきます」

軋《きし》む床を歩き、レベッカは少し離れた席に座った。

くくってあった赤髪をほどき、首を振って髪の毛を揺らす。彼女の一日の終わりを示す仕草だった。

レベッカは、俺の暗殺稼業の窓口となっていたあのレベッカである。

「エミリアから手紙が届いていました」

「へえ。なんて？」

「さあ。確認していませんので」

レベッカは葡萄酒に口をつけながら、テーブルの上を滑らせるようにして封筒を寄越す。

「次の誕生日で一九だったか。出ていってからもう四年も経《た》つ」

「正確には三年八か月です」

「補足ありがとう。あんなに小さかったのに、今じゃ王都騎士団所属なんだろ」

「はい。正確には、王都騎士団第三軍副長です」

「そうだったな。みんなからの手紙、結構楽しみなんだよ」

俺は小さく笑って封を切る。

「さっき中に入ってきた虫……、あれはザックの仕業ですか？」

「どうしてそう思う？」

俺は数枚の便箋を取り出し、読みはじめた。

「肩がわずかに――ほんのわずかに不自然に動いたのと、虫を見つけた子が見失ったのが同時でしたから。一線を退いても現役以上の鋭さを保っているなんて、信じられません」

「危なかった。非常に」

「……はい？」

「蚊に刺されると、最悪死に至ることもある」

「その、そういった蚊はもっと南に生息しているはずで、この国での被害は聞いたことがありませんが……」

「いや、だが、あの一瞬でその判別ができなかった。蚊は小さく、俺は蚊にそこまで詳しくない。あの場面では排除するのが適切だと判断した」

「は、はあ……。まあ……刺されるよりは、刺されないほうがいいですからね」

釈然としてなさそうなレベッカは、曖昧にうなずいた。

「心配し過ぎな気が」

ぼそっとした声が聞こえたが聞こえないフリをした。

レベッカは、俺が神父となりしばらくした頃、ふらっと現れ「私も手伝いたいのですが」と申し出てくれた。

断るどころか、大人が増えることは非常に心強く、喜んで大歓迎した。とくに彼女であればなおさらだった。

『どうしてここがわかったんだ？』

『最近できた施設を調べれば、あなたがどこにいるか簡単に見当がつきます』

『そっか、ともかくありがとう。……でも、いいのか？』

『あなたとの仕事は、楽しかったので。残務処理で遅くなりましたが、話を聞いたあの日、一緒にやってみたいと密《ひそ》かに思っていたのです』

『俺もパートナーが君だととてもやりやすいし助かる』

『……………はい……ありがとうございます……』

『これからもよろしく』

といった具合《ぐあい》でレベッカは俺の仕事の手伝いをしてくれる。俺と同じく、表向きはシスターでホームでは副院長として子供の世話や洗濯や掃除、食事を作ってくれている。

「レベッカー！　先生とイチャついてんのかよー」

いたずら好きな男の子が食堂を覗《のぞ》いて、俺たちを冷やかした。ちなみに先生というのは、俺のことだ。

「イチャついているように見えますか？　ただ話をしているだけですよ」

理知的に淡々と言い返すレベッカ。

「ケッコンしてんだろ、先生と」

「しっ、してません！」

普段クールなレベッカが頬を少し赤くしながら珍しく取り乱した。

「こら。シスターを困らせるんじゃない。さっさと風呂入れ」

「しししし。はーい」

いたずら小僧は生意気に笑って去っていった。

「まったく……」

ふう、と一息ついたレベッカは、ぐいっと葡萄酒を呷《あお》った。

「ああいうふうに、勘違いする子も、多いようです」

「まあ、子供の言うことだ。俺は全然気にしてない」

「そう、ですか」

また残りを一気に呑《の》んだレベッカは、コン、と杯をテーブルに置いた。

「私は、す、少しくらい、い、意識して……」

…………。


変な間ができた。

「え？」

真意を聞こうとすると、ガタン、とレベッカが椅子を倒し立ち上がった。

「今日はこのへんで失礼しますおやすみなさい」

早口に言うと食堂を出ていった。

「おやすみー！　また明日もよろしく！」

立ち止まったレベッカが、こっちを見て、小さく会釈《えしゃく》する。

今日に限って妙に顔が赤い。

悪酔いでもしたんだろうか。

「結婚ねえ。まったく、どこでそんな言葉を覚えるのやら。巣立った子たちも、いずれどこかの誰かと結ばれて…………」

グスン、と垂れそうな鼻水をすすって、目頭を押さえて涙をこらえる。

想像だけでこんな有様《ありさま》だ。

現実になればどうなってしまうのか予想もつかなかった。

ゴシゴシ、と目元を雑にぬぐって、手紙の続きを読むことにした。

手元のエミリアの手紙では、近況からはじまり、いつに何が起こったか、という日記のような形で俺とレベッカへの文章がしたためられている。

あの子は、今こんな生活をしているんだなぁ、と想像することができ、次の手紙が届くまで何度も読み返してしまう。

『騎士団総長から第三騎士団長の任を拝命したわ』

「ん？　おぉ？　昇格⁉　すごいじゃないかエミリア」

エミリアは、勝ち気で男勝りなところがあれど、剣の腕はなかなか見どころがある。

王国騎士団に入って、約四年。

俺の目の届かないところでも、立派にやっているんだな。

今夜はいい酒になりそうだ。

ちびりと葡萄酒を呑んで「おめでとうエミリア」とつぶやく。

弱冠一九歳にして騎士団長を務めるというのは、快挙と言っていいだろう。

だが、ふと懸念が思い浮かんだ。

エミリアは面がいい――。とってもいい。とってもだ。

勝ち気な性格も、貴族連中の気を引かないだろうか。

騎士団長ともなれば、社交界に出入りすることも多くなる。

エミリアの容姿と地位が目立ちすぎて、変な男が寄ってこないだろうか。

たとえば――。

『私に靡《なび》かないとは面白い女だな。どうだい、今夜食事でも』とか。

『私を負かした女は君がはじめてだ。どうだい、今夜私の部屋で愛を語らないか？』とか、たやすく思い浮かぶ。

「エミリアが心配すぎる……」

男除《よ》けに俺のパンツでも持たせて家の外に干しておくように言っておけばよかった。

騎士団長ともなれば、お付きの騎士もいるだろうから、おいそれとは近寄れないだろう。

「いや、バカな貴族はグイグイいくぞ……」

俺は自答を思わず声に出してしまう。

地位をかさにして言い寄ってくるオラオラ貴族は確かにいる。

「王都は誘惑も多い。今度帰省してきたときには、きちんと言い含めておかないと」

「先生ー！」

と、浴室から俺を呼ぶ声がする。

ギャースカとわめいているあたり、誰かと誰かがケンカしてるな？

「今行く！」

残った葡萄酒を口に流し、俺は浴室のほうへ向かった。

まあ、気を揉《も》んでも仕方ない。

今はエミリアの出世を喜ぶとしよう。

2 神父と町のやっかいごと

ガヤガヤした場所が嫌だったので、王都をはじめとした商業都市はまず除外し、神父として務められる田舎町を探していくと、この町に行き当たった。

グリーンウッドの名産は、麦酒《ビール》の原料となる麦くらいで、あとは平々凡々で取り立てて有名な産物はない。

名の通り、近隣には森や林が多く、狩猟したり山菜採取にはもってこいと言えたが、魔物や盗賊が根城にしてしまうことが多々あり、町はいつも危険と隣合わせの状況だった。

どこの町もこういった問題は常に抱えているので、多少は目をつむる必要があるだろう。

俺やレベッカ、子供たちが暮らしているのは、教会に隣接した一軒家。

これはホーム設立時に建てたが、教会のほうは元からあったもので、俺が来る前は誰もいない廃教会だったという。

それを修繕し、礼拝者を受け入れるようにした。

訪れる人は少なく、俺はときどきやってきた人の話を聞いたり、冠婚葬祭のときに祈りを捧《ささ》げたりと、神父としての仕事はそれほど多くない。

だがそれがちょうどよかった。

神父として大忙しなら、院長として子供の世話ができなくなってしまう。そうなれば本末転倒もはなはだしい。

神父兼施設の院長。それが今の俺だった。

『なぜ神父だったのですか？　施設を作りたいだけなら、わざわざ教会務めしなくてもいいような気がします』

ホームの手伝いをはじめた当初、レベッカに訊《き》かれたことがあった。

『簡単だ。殺ししかしたことのない人相の悪いオッサンがいきなり施設を作ったら、何をはじめる気だと町の人を警戒させることになる。子供を集めて何をしているんだ、と騎士団の注目を集めかねない』

『なるほど。だから神父という仮面がまず必要だったのですね』

『そう。だから、ちゃんと修行して星道教会の神父になったんだ。仮面じゃなくて、きちんとした一面だよ』

『そうなのですか？　てっきりエセだと思っていました』

『失礼な。郷に入れば郷に従え、だ。神職という業界にはその世界のルールがある。きちんとそれは守るつもりだ』

『……そのおかげでしょうか。ザックの顔つきは、私が知っているそれとはずいぶん穏やかになったように感じます。以前はもっと刺々《とげとげ》しく荒《すさ》んでいた印象でした』

『自覚はないけど』

『きっと、純粋な子供たちと過ごす時間が長くなったからでしょう。誰かを殺すことに頭を悩ます必要はもうありませんから』

『確かにな』

そういうわけで、レベッカ目線だと俺の顔つきや人相というのは変化しており、子育てに頭を悩ます温厚な神父が板についたらしい。


神父の朝は早く、夜明けとともに起床する。

教会の掃除に取りかかり、一通り済ませると朝の祈りを捧げる。そうしていると、礼拝者がときどき顔を見せるのだ。

「おはよう、ザックさん。今日も早いね」

やってきたのは、農家のおじさんだった。気のいい人で、年は私よりも少し上くらいだろうか。

「おはようございます。朝早いのはいつものことですから」

時間は、いつの間にか早朝から朝と呼ばれてもいい時間にさしかかっていた。ホームでは今頃レベッカが子供を起こして朝食の準備をしていることだろう。

予想は的中したようで、朝の騒がしい声が教会まで響いてきた。

「ふふ……賑《にぎ》やかでいいね」

「お騒がせしてすみません」

苦笑しながら俺は頭を下げる。

「いやいや。ザックさんがホームを開いてから、なーんもない寂れた田舎町が、ちょっとだけ賑やかになった。やっぱり子供は元気があっていいねぇ」

「そう言っていただけると助かります」

神父としての俺のスタンスは、熱心に布教しない、不必要に説教もしない、である。基本受け身で、俺から能動的に活動することはしない。

あくまでもこっちはサブ。メインはホームだからだ。

おじさんが両手を組んで祈りを捧げ、終わると、思い出したかのように口にした。

「そうそう、ザックさん知ってるかい」

「？　何がですか？」

「三つ又道のトトさんとこの坊主《ぼうず》が……坊主っていっても、もう一八か？　そいつが、剣を引っ提げて毎日みんなの畑を巡回してるんだ」

「……巡回？　必要ありますか？」

畑荒らしが出ないとも限らないが、そういった被害はとんと聞いていない。

「だろ？　そう思うよな。何が問題って、巡回の警備料っつって、剣で脅して払わせようとするんだ」

「それはそれは。ずいぶん乱暴な自警団ですね」

「自分が強いと勘違いしてんだなぁ、ありゃ。町の農夫たちじゃ頼りにならないのは確かだが、警備が必要なわけじゃないから、みんな困ってるんだ。トトさんも立場がねえ」

ふうん。そういう状況なのか。

教会は町外れにあるので、そいつがこっちまで来たことはない。

警備するというのなら、ホームこそ警備してほしいものだ。未来ある子供たちがたくさんいるのだから。

まあ、俺とレベッカが常駐している時点で不必要ではあるが。

「なんかいい知恵ないかねー？」

「小遣い稼ぎがしたいのか、戦ってみたいのか、どっちなんでしょう」

「両方らしい。若いやつを捉えて、木剣でカンコロやってるのをよく見かけるよ。こんな田舎だから、荒事らしきものはほとんどない。小遣い稼ぎながらあわよくば腕を試したいってところだろう」

「今思い浮かばないので、何か思いついたらお伝えしますね」

「うん。よろしく頼むよ。そんじゃ、仕事に行ってくる」

「行ってらっしゃい。今日もあなたに星の導きがあらんことを」

おじさんの背を見送って、俺は『御用の方はホームまで』の札を講壇に立て、奥の扉からホームへ戻った。

騒ぎ声がひとつも聞こえない。

ということは、今は朝食をとっている頃だろう。

果たしてその予想は当たり、レベッカと年長の子たちを中心に、子供たちが熱心にスープをすくい、パンをちぎって食べていた。

「あ。先生！　おはよう！」

一人の男の子が元気よく挨拶してくれた。食堂にいるみんながそれに続いた。

「みんな、おはよう。朝食は美味《おい》しい？」

「うん！」

パンクズを口の端につけて、大きくうなずく子を見て、思わず笑みがこぼれる。

「それはよかった。俺もいただくとしよう」

いつもの席には、俺の分の朝食がおいてある。

「スープ、少し冷めてしまったかもしれません。入れなおしてきます」

レベッカが気を利かせて皿を手に取ろうとしたとき、思わず俺は制止しようと手を伸ばした。

「いや、いいよ。このままで――」

ちょん、と手と手がぶつかった。

「っ……」

「ああ、ごめん」と俺はすぐ謝ったが、レベッカは熱い物に触れたかのように、素早く手をひっこめた。

「いっ……いえ……私こそ、余計なお世話を」

「気遣いありがとう。でも、冷めてもおいしいから」

からから笑って俺はスープを口にする。思った通り、少々冷めても味は落ちていない。

レベッカは、何事もなかったかのように黙々と食事に手をつけるが、頬が上気していた。

「手触ったよ、今」

「レベッカ顔赤いっ」

「絶対好きじゃん！」

年長の女子数人がこそこそ話している。

聞こえているぞ、こっちまで。

年頃女子は、いつも俺とレベッカのことをこうして邪推しまくる。

それはあの子たちに限ったことではないので、もう慣れっこだった。ホームを巣立った女子の大半は通る道なので、わざわざ注意もしない。したところで、部屋に返ったあと同じテーマで話し合うだけなのだ。

俺とレベッカはビジネスパートナー。都合上生活を共にしているだけだ。

俺は誤解されても構わないが、レベッカはいい迷惑だろう。

レベッカは、ホームで働きづめで、よそで遊んだり、男の影を見せたりすることがない。いい人はいないのか、と俺はちょっと心配だったりもする。

あの頃、まだ少女だと思っていた彼女も、今では大人の女性になった。

理知的で美人で仕事ができて、子供にも愛情を持って接せられるレベッカ。

放っておかない手はないと思うのだが、出会える男もたかが知れているのが、田舎町の悪いところである。

「レベッカは、トトさんのところの息子さんの話は聞いてる？」

「あぁ、ウィンのことですね。町の若い子たちを剣で負かしてイキり倒しているとか。その子たちを従えて自警団（笑）もはじめたそうです」

「言葉の節々に悪意が見え隠れするのは気のせいか？」

レベッカは答えず小さく首をすくめた。買い物で町の市場に行ったりすることも多いから、噂《うわさ》をよく耳にするんだろう。

ウィンの件は、内輪でやるだけだったら可愛《かわい》いものだと思えるが、迷惑をかけるとなると話は別だ。

「今日の勉強は俺が担当だっけ」

「はい。その予定です」

うちのホームでは、子供たちの大半が嫌がる勉強を、俺かレベッカが教えていた。

「用事ができたから、今日は代わってもらえない？」

「ええ。いいですよ」

「ありがとう」

これ以上住民に迷惑をかけないように、ウィンにはお灸《きゅう》を据えよう。

食事を済ませて、俺は自室へ向かった。

「変装するのは久しぶりだな」

まず、何の変哲もない町民Aの服に着替える。

続いて、撫《な》でつけていた髪の毛を乱し、少し粗野な印象を与えるものに変化させた。

さらに、暗殺者時代から使っている『万化の皮』で顔を覆う。

これは万の色に変化すると言われる魔物の外皮から作られたもので、魔力を通じて外皮を変化させることができるアイテムだ。

現役時代に潜入調査や潜伏時によく使っていた。

思い浮かんだイメージは『流浪《るろう》の剣士』。年齢は二〇代後半。それっぽい顔を思い浮かべると、『万化の皮』が変化した。

着替えはじめて二分少々。鏡を覗《のぞ》くと、それっぽい青年が映っていた。

俺は温厚で人畜無害で子供好きな、ただのおっさん神父……何かの弾みで星道教会に迷惑がかかったら困るからな。

武力があるというのは抑止力になるが、そうと知っている人間が助けを求めることがある。助けを求めているのに、神父が無視するわけにはいかない。結果、変な荒事の矢面に立たされることになりかねない。だから町の人には極力知られたくなかった。

ホームの子供たちに武芸を教えることはあっても、神父として他人と戦うわけにはいかないのだ。

ウィン

「はい、こんなんじゃ当たりませーん」

カン！

木剣の一撃を受けてみせたウィンは、ニヤッと笑い、打ち込んできた仲間に体当たりするようにぶつかった。

「っ」

「――ラァ！」

意表を突いたウィンが振り下ろした木剣を首筋で止めた。

「うわ、強ぇ……また負けた」

仲間の少年は木剣を投げ出して大の字になって倒れた。

「ダハハハハ！　警護団『赤狼《あかおおかみ》』のリーダーだからな俺は！　そりゃ強いに決まってらぁ」

笑い声を響かせるウィンは、木剣を肩に担《かつ》いでトントンとやった。

町からほどよく離れた平原で、いつものように『赤狼』の面々は集まって剣の稽古をしていた。

『赤狼』とは、ウィンが発起人となり結成した町の自警団で、ウィンの他には、幼馴染《おさななじみ》の三人とその弟が一人の計五人で構成されている、非常にローカルで小ぢんまりとした一団だった。

「なあ、ウィン。稽古稽古って毎日こんなことしてっけど、誰と戦うんだよ」

「誰って悪さしようとするやつだろ」

「いねえじゃん。てか、オヤジさんの畑仕事手伝わなくていいのか？」

「るっせえな。その畑を守るのが俺らだろうが」

へいへい、と幼馴染の一人が不承不承といった様子で肩をすくめた。

「俺が町でいっちばん強ぇんだから、言うこと聞けよな！　稽古、続けようぜ」

一応仲間たちは指示に従うが、士気は低い。

一人が用事を思い出したと言って帰ると、他の団員も言い訳じみたことを言って去っていった。

「意識の低い雑魚《ざこ》ばっかだな。だからおまえらは弱いんだよ」

そのとき、そよ風が謎の男を連れてきた。

吹きつける突風のように姿を現し、ウィンのほうへ向かって歩いてくる。

腰に剣を提げていることから剣士だとわかるが、町の人間でないことは顔を見ればわかった。

「君がウィン？」

「……そうだけど、あんた、誰？」

「町の人や父親から君のことを聞いた。警備料を町の人に支払わせているそうだな」

「ああ。守ってやってんだ。タダってわけにはいかないだろ？」

「必要のない警備に、支払う警備料もないだろう」

「オヤジたちの差し金だな？　弱いやつの指示は聞かねえ。あんたのその腰のものは飾りか？　言うこと聞かせたいなら、剣で負かしてみなよ」

はぁ、と男はため息をついた。

「血の気がずいぶんと多い。これが若さか」

「何ブツブツ言ってんだよ。ほら、これ」

足元に転がっていた木剣を投げて渡すと、嘆くようによそ見をしていた男は、見もせずに木剣を受け取った。

「……あれ……見てなかったよな、今……」

不審そうに目を細めるウィン。

「木剣か。真剣ではないのか？」

「え……いや、だって…………実戦じゃないんだから、いいだろ、別に」

「稽古を実戦だと思っていないやつは、実戦で使い物にならないが」

「ッ――。い、いいよ。やってやんよ。怪我《けが》しても後悔すんなよ⁉」

「立ち合いに怪我はつきものだろ」

「うぐ……」

「俺も力のないヤツの指示は聞きたくない。武力で物事を解決しなければならない事も世の中にはたくさんある」

「あ、ああ。その通りだ！　いつでもいいぜ」

ウィンが唇を湿らせる。固くなった表情のまま剣を構えると、男は散歩するかのように間合いを詰めてきた。

「っ、ナメんなよ！」

振りかぶった剣を鋭く振り下ろすと、ドッ、と切っ先が地面に刺さった。

「あれ――どこに――」

「武芸の道に進みたいなら、町から出ていくことだ。農作業以外のことをしてみたいと思うのも、わからないでもないが、迷惑をかけるのはいただけない」

声は真後ろからだった。

「⁉」

振り返ったそこには男がいて、諭すような静かな目つきでウィンを見つめていた。

「いつの間に」

「すれ違いざまに、急所と呼ばれる場所をそれぞれ三回ずつ触った。君にそれがわかったか？　そして、その意味はわかるか？」

「クッ、このおおお！」

再び剣を構えてウィンが攻撃しようとするが、男に焦《あせ》りはなく、凪《な》いだ湖面のような静寂な眼差《まなざ》しのままだった。

「強さとは、痛みをもってわからせるものではない」

すっと男がウィンの間合いのさらに内にするりと入り込むと、ウィンの額を摑《つか》み、そのまま地面に押し倒した。

「うぎゃ⁉」

男はその顔の真横に剣を突き刺した。

「君くらいの力量の子に剣を振るっては、剣に失礼だ」

「……なんだそれ……。俺、はじめて負けたよ。あんた強ぇな」

いっそ清々《すがすが》しいウィンの表情を見て、男ははじめて意外そうに眉を動かした。

「悔しくないのか」

「うん。全然。差がエグすぎて」

「勝ったから、言うことは聞いてもらうぞ。いいな？」

「…………」

目線がそれたのを見て、男は付け加えた。

「反故《ほご》にしようなんて考えないほうがいいぞ。おまえが遊んでるときも、家で自分を慰めてるときも、親に反抗しているときも、俺はいつでも見てるからな」

男はVサインを作ると、自分の目を指して、そしてウィンの両目を指した。

「う……」

「グリーンウッドが退屈なら、よその町にでもいって、剣の腕を磨きながら仕事でも探してみることだ」

「わかったよ」

ウィンはうるさそうに言って、男に尋ねた。

「あんた、名前は？　教えてくれよ。俺を負かした男の名前を」

「ええっと…………じゃあクイールで」

「じゃあ？」

「クイールだ」

「クイール……うん、わかった……覚えておこう」

「いや、覚えなくてもいい」

そのまま男はそばを離れると、ウィンが瞬《まばた》きした直後に姿を消した。

「え⁉　また消えた……⁉　すげえ！　やばっ！　クイール、エグい！　なんだあれ。意味わかんねえくらい強かったんだが⁉　んで、すぐ消えるし！　どういうリクツだよ⁉」

興奮気味に大声で一人しゃべるウィン。そして、男が置き忘れた剣に気づいた。

「うわ、剣忘れてってるし！　剣士のくせに！　……いや、待てよ。……なるほど、わかったぞ。俺に強くなって、返しに来いっていう、そういうアレだな⁉」

刺さったままの剣の前でウィンは膝をついた。

「俺、いつか絶対強くなる。あんたのこの聖剣に誓うよ。んで、いつかクイールにこれを返す――――！」

ウィンは真剣な顔で誓いを立てた。

ザック

ウィンの身勝手な自警団ごっこはあれから聞いていない。

畑仕事に真面目に取り組むようになったとかで、その理由は「剣を振るうための体力作り」と言っていたそうだ。

町民の困り事がひとつなくなり、また町に平和が戻ったそんなある日。

「神父さん……聞いてください」

ウィンが教会にやってきた。

「どうしましたか？」

温和な笑みをたたえて、俺はベンチに座ったウィンに話を促す。

「俺、町を出ようと思うんです」

「そうでしたか。それは寂しくなりま……す？」

ウィンが利き手側の腰に提げている剣に目が入った。

剣が二本……？

あ。ウィンが持ってるもう一本って、俺の剣だ⁉

「神父さんにも聞いてほしいんです。俺の誓い」

「あ、え？　はあ」

それどころではない。

俺のところに剣を携えてやってくるということは、あの日名乗ったナントカという剣士が俺だとバレたのでは――。

わざわざこの親切な子は律儀《ちちぎ》に返しに来たのでは。


「――俺、強くなって、この聖剣を持ち主に返すって誓います」


「え？　聖、聖……何？」

「聖剣です。そうに違いありません。持ち主が、すんんごい剣士だったので、これもきっとすんんんごい剣です」

俺は取り乱しそうな自分を落ち着かせ、にこやかにうなずいておく。

「そうですか」

……あれって確か隣町で適当に買ったセール品だったような。

買って以来研いでもないから多分鈍らだと思う……。

「おほん。私が預かっておきましょうか？　その方がまた町を訪れたとき、渡しておきましょう」

「いやいやいや！」

ウィンは即座に俺の申し出を拒否し、キリリとした顔で言う。

「これは、クイールが俺に宛てたメッセージなんです。強くなれよっていう、ね」

めちゃくちゃ熱い展開だと思っているところ申し訳ないけど、ただ忘れただけだから。

剣を佩《は》いたのが久しぶりすぎて、あの日あそこに置いていっちゃっただけだから。

「あの人と出会って、俺はホンモノを知った。憧れちゃったんです。凛《りん》とした強さに。俺もああなりたいなって。だから、町を出ていきます。いつか強くなって帰ってきます」

俺はウィンの肩をぽん、と叩《たた》いた。

「いい目をするようになりましたね。ウィン」

「はい！　いつかあの人に会ったときに、強くなったなって、言わせてやるんです」

「もう人として成長したし十分強くなりましたよ」

「え。へへへ。そうですか？　ありがとうございます。神父さん」

と、照れたように笑うウィン。

そうだ。適当に名乗ったあの剣士は、俺だけど、俺じゃないんだった。

それじゃあ、とウィンは踵《きびす》を返して礼拝堂をあとにした。

まだ室内には、若い志と情熱の温度が残っているかのようだった。

「いいなあ。きっかけは何であれ、強くなりたい、か。若さっていうのは、眩《まぶ》しいもんだなぁ」

俺が目を細めていると、いきなり声が聞こえた。

「――ザックもまだ十分若いかと思いますが」

「うわ⁉　レベッカ⁉」

振り返ると、俺を呼びに来たらしいレベッカが怪訝《けげん》な顔をしていた。

「いつからそこに」

「ウィンの剣を見て慌てているところへんからです」

「結構最初のほうだな」

「はい。……そんなことよりも昼食の支度ができました。子供たちも揃《そろ》いますので、一緒に食べましょう」

「ありがとう。じゃあそうするよ」

本当にそれだけだったらしく、レベッカはホームに繋《つな》がる扉から礼拝堂を出ていった。

平静を装っていたが、レベッカには俺が慌てていることがバレていたようだ。


――三年後、グリーンウッド出身の剣士の噂が聞こえてきた。

ウィンはよほど努力したようで、とある貴族に騎士待遇として迎え入れられることになったそうだ。利き手側の腰には、まだ安っぽい剣を提げているらしい。

いつか見かけたら、また手合わせ願いたいものだ。

もし本当に強くなっていたとしても、軽々しく「強くなったな」とは言わないほうがいいだろう。

「クイール」にそう言ってもらうのがあの子の強くなる理由だ。

伸びしろ十分、熱意もあるウィンは、「クイール」が認めさえしなければ、剣では俺を超える可能性がまだまだ十分にあるのだ。

3 凄腕だった男の教育

神父としての仕事が終わると、次は院長としての仕事が待っている。

といっても、勉強を教えたり、武芸を教えたり、一緒に遊んだりする程度のことだが、子供相手だと毎日いろんなトラブルが起きるので飽きがこない。

誰かが風邪をひいただの、ケンカをしただの、食器を割っただの、本当にありとあらゆるハプニングが起きる毎日だ。

俺が神父仕事をしている間、レベッカが勉強を教えてくれていたので、俺は子供たちを連れて近所の森へやってきた。

「今日は何がしたい？」

子供たちに尋ねると、何人かがはいはい、と手を上げる。

「キシドロがいい！」

「僕も！　僕も！」

「よーし、じゃあ、キシドロがいい人ー？」

全員に改めて聞いてみると、反対が出なかったのでキシドロをすることにした。

キシドロとは『騎士と泥棒』の略で、数人の騎士役と泥棒役に分かれ追いかけっこをするゲームのことだ。

騎士は泥棒を捕まえると、所定の牢屋《ろうや》……実際は囲いも何もなく、特徴的な木だったり石だったりする……に連れて行く。逃げている泥棒たちは、捕まった泥棒を触ることで脱獄させることができる。全員捕まえれば騎士の勝ち。制限時間内に全員逃げ切れたら泥棒の勝ちとしている。

『森の複雑な地形で足腰を鍛えながら、状況判断と連携、結束を深める遊び』としてこの『騎士と泥棒』を子供たちに教えたところ、大ハマり。

何年もホームにいる子でも、まったく飽きずに楽しんでくれている。

捕まった仲間を見捨てないというのがこの遊びのミソで、自分一人がよければそれでいい、という遊び方はできないのだ。

誰かが捕まれば脱獄させなければいけない泥棒と脱獄を阻止しながら全員を捕まえなければいけない騎士。

走力、持久力が必要なのはもちろん、状況判断、チーム内のコミュニケーションと連携力が鍛えられるとてもいい遊びだと俺は思っている。

裏をかくこと、裏の裏をかくこともあり、慣れてくると相手の隙をつくこともできるので、相手の言動からの読みも必要となってくる。

「三〇分勝負で、終わったら役を替えてまたやろう」

異論はまったく出ず、俺が「よーいはじめ」と言って手を叩《たた》くと、泥棒役が一斉に散っていった。

決まった範囲内でしか逃げられないため、最初はどこかに隠れる子が多い。

牢屋役に決まった俺は（いつもそうだが）、切り株に腰かけて子供たちの遊びを見学することにした。

「――じゅーはち、じゅーきゅ、にじゅう！」

二〇を騎士役の四人が数え終わると、アイコンタクトと指で捜索範囲を割り振った。

うんうん。打ち合わせを声に出さず目とハンドサインで決めるのは正しい。

賢い泥棒の子は、付近に隠れて騎士の動きを監視してたりするからな。

泥棒は、騎士の動きを伝える監視役、仲間が捕まったとき解放する脱獄役、足自慢のかく乱役の三役があった。

騎士の子たちも自分が泥棒役をすることもあるので、その役割は重々承知している。参加する全員が、ゲームシステムを十分理解しているため、熟知した上での心理戦がはじまる。

足音を立てずに騎士がささささ、と散っていく。獲物を仕留めるハンターは、気配を消すのが当たり前だ。

これも俺が教えた通りである。

さっそく、きゃーとか、わーとか子供たちの歓声が聞こえはじめた。

「騒いじゃうのはやっぱり子供だな」

俺は口元を緩めながらつぶやく。

楽しそうでよろしい。

状況を確認しようと、そばにあった大木に足をかけてするする、と登っていった。

地上から五メートルほど。騎士役の子が泥棒を追いかけているのが一組見え、ペアになって逃げている泥棒、隠れている泥棒、その背後から密《ひそ》かに近寄る騎士、などなど、状況は様々だった。

「先生ー！」

すると、下のほうから声が聞こえてきた。

目をやると、そこにはエミリアがいた。

ブロンドの髪にネコの髪留めをして、こっちに手を振っていた。王国騎士団所属を示す獅子《しし》の紋章が銀製の胸当てに掘られている。

「おぉ、エミリア！　帰ったのか」

木から飛び降りて、身軽に着地してみせると、エミリアが半目で呆《あき》れていた。

「あの高さから飛び降りて衝撃ほぼゼロで着地するなんて……人間技じゃないわ。相変わらず意味がわからない……」

「褒め言葉として受け取っておこう。今、キシドロ中でな。交ざるか？」

「とっても魅力的なお誘いだけれど、やめておくわ。今日は、グリーンウッドの近くに来ることがあったから、顔を見に来ただけ」

「そうか」

なんだ。のんびりするつもりはないのか。

そういえば、と俺はこの前の手紙のことを思い出した。

「騎士団長、昇進おめでとう」

「ありがとう」

「子供たちの憧れになってるぞ、エミリア」

「そうなの？　憧れるようなものでもないと思うけれど」

なんとなくだが、すっきりしない表情に俺は違和感を持った。

「王国騎士団なんて憧れの的だろう。うちの子供たちに限らずな。王都で王族の方々の安全を守り、城下の治安を維持する栄誉ある仕事なわけだし」

「それもそうね」

エミリアのぎこちない笑みに引っかかりを覚えた。

「顔を見に来ただけか？」

「そのつもりよ」

「少しゆっくりしていったらどうだ。オッサンのお茶に一杯くらい付き合ってくれてもバチは当たらないだろう」

少し迷ったような素振りを見せたエミリアだったが、すぐにうなずいた。

「しょうがないから、付き合ってあげる」

年長の子を見つけ、しばらく抜けることを伝えて俺とエミリアはホームに向かった。

俺があそこにいるのはレベッカから聞いたそうだ。

「レベッカ、相変わらず綺麗《きれい》よね……。私が生活をはじめた頃から全然変わってないわ。いくつなのかしら」

「そういえば聞いたことないな」

「先生でも知らないの？　謎だわ……」

年齢なんていくつでもいい、というのは、気にしなさすぎなのだろうか。

暗殺者時代は少女だったことを考えると、今は二五～二八歳くらい。

当時から大人びた美少女だったが、見た目なんて、あの業界ではなんの意味もないことは、変装が得意な俺がよく知っている。

エミリアとホームに戻り食堂に入ると、懐《なつ》かしげにあたりを見回した。

「全然変わってないわね」

そう言ったエミリアは、当時からいつも座っていた席に着く。

レベッカは洗濯中らしく、さっき庭でシーツを広げているのを見かけた。

甕《かめ》にある水を汲《く》み、薬缶を火にかける。生活石と呼ばれる魔石の一種があると、微量の魔力に反応し、火を出せたり、水を出せたり、風を吹かせたりすることができる。

「帰ってきたのは二年ぶりくらいか？　向こうでの生活は楽しいか？」

来客用の茶葉をティーポットに入れ、沸いたお湯をゆっくりと注ぐ。

「どうかしら。楽しいかはともかく、充実はしていると思うわよ」

「それはよかった」

森での歩き方を見ていると、鍛錬を怠っていないのは明白で、あの小さく可愛《かわい》らしかった手は、今では、剣で皮を厚く、硬くしている。

キッチンに並んだエミリアが、「カップ、ここよね」と準備を手伝ってくれる。

ティーカップにお茶を注ぎ、二人して席に戻った。

「以前見たときより、強くなったな」

「……わかるの？　手合わせしなくても？」

「ああ。武力のために己を磨き鍛錬に勤《いそ》しむ人間には、独特の空気感がある」

「それを聞いて安心したわ。先生からお墨付きをもらえると騎士として胸を張れるもの」

「そんな大げさな。――あ、そうだ」

「？」

不思議そうな顔をするエミリアには構わず、俺は離席して、干してある洗濯物を一枚ひったくる。

レベッカが怪訝《けげん》な顔を見せたが構わず、すぐ戻った俺は、その洗濯物をエミリアの前においた。

「……何よこれ」

すごく嫌そうにエミリアは指さした。

「見ての通り俺のパンツだ」

「そうじゃないわよ。どうして話の腰を折ってまで、自分のパンツを教え子の前に置いたのかってことよ」

「男除《よ》けだ。寮で一人で暮らしているエミリアに、変な男が寄りつく可能性がある。頭のおかしい貴族の息子とか、優男面《やさおとこづら》した鬼畜な貴族の息子とか……あの界隈《かいわい》は、想像を絶する謎の論理や感情で動く輩《やから》の巣窟《そうくつ》だからな」

「どうして貴族の息子ばかりなのよ」

「騎士団長ともなれば、ちょっとした挨拶回りみたいなことが必要になる。王国騎士団の顔の一人でもあるわけだし、社交界に出入りしなくちゃならない。貴族の若造と出会う機会が増える」

呆れているばかりだったエミリアだが、意外そうに目を細めた。

「詳しいのね？」

「まあ、聞きかじりだの知識だよ」

俺は以前貴族になりすまし、何度か王家主催の夜会に出席したことがあった。標的の動向を探るためだったが、そのときたまたま、新任の騎士団長が着飾り、主だった貴族に挨拶をしていたのを目撃した。

騎士の長《おさ》なのに、威張り散らしているだけの貴族に挨拶回りとは大変な仕事なのだな、と思ったものだ。

エミリアはしばらく俺のパンツを見ていたかと思うと、

「先生には嘘《うそ》つけないのね」

観念したようにつぶやく。

「先生の懸念は当たらずとも遠からずで……」

「男が寄ってくるのか⁉」

大声を出し、がたん、と席を立ってしまった。

ビク、と肩を動かしたエミリアが、俺の殺気のせいで反射的に柄《つか》に手をかけたが、誤反応した手を膝の上に戻した。

「きゅ、急に大きな声出さないでよ。びっくりするじゃない！」

もぉ、と怒ってみせるエミリア。

「すまない。……しかし、今のはいい反応だった。俺の殺気にあの速度で反応できる者はそうはいない」

「そ、そうかしら？　……えへへ」

褒められて照れくさそうにするエミリア、可愛い。

「おほん。話を戻すわよ。――騎士団長になってから、よくそういった方々に声をかけられるようになったわ……ご推察通り、貴族らしき方よ。好意的な方だから、無下にするのも心苦しくて一応その場でお話しさせていただくのだけれど、数が多くて困ってるのよ」

エミリアは、大抵のことは自分の力でなんとかしようとする頑張り屋さん。

頑張って、頑張って、頑張って、それでもどうにもならないとき、俺に相談することが多かった。

剣や身体能力の向上など、これまでは武芸に関することばかりだった。


そのエミリアが、困っている――。

俺が懸念した男関係で、だ。

もし貴族どもの甘い言葉に浮かされてしまっているのなら、実際はどんなことが起きるのか教えてやらねば。

大切な教え子のために。

「いいか、エミリア。彼ら貴族は、女性をトロフィーか何かだと思っている」

「え？　トロフィー？」

「そうだ。夫人を五人も六人も持つのが当然で、あっちこっちで女性に手を出しては妊娠させ、結果、お家騒動を巻き起こすような人たちだ。貴族は絶対にダメ。先生、認められない」

「わ、私だって、そういう人たちだって知ってるもん」

子供みたいにエミリアは頬を膨らませる。

この仕草は、俺が余計なお世話をしたときに、よくやっていた。

「知っているならいい。彼らは、好いた女性を幸せにしようなどという考えはこれっぽっちも持っていない。今はよくても、いずれ別の人を大事にするようになって——おまえを蔑《ないがし》ろにする日がきっとくる」

俺の力説に、エミリアはため息を返した。

「そういうんじゃないの。気になる人がいるとか、そうじゃなくて、ただ声かけてくる貴族の人たちが多くて面倒くさいなぁって。それだけよ」

「わざわざここに来たのは……その話を聞いてほしかったからじゃないのか？」

「別に」

つん、とそっぽをむくエミリア。

図星だな。

もっともらしい言い訳を並べていたが、どうやら本当の理由はソレだったらしい。

エミリアが困っている。

剣や身体能力以外の相談を俺にするのは、たぶんはじめて。

なんでも自分でどうにかしようとするこの子が、わざわざホームまで遠出したのだ。

これは、相当困っている証拠。

それだけエミリアは日常的にストレスを抱えていたのだろう。

これまでこんな思いをした経験はないはず。

騎士団長としての立場と、自分の気持ちの板挟みで、大きな苦労を抱える。

放っておいたら精神的に参ってしまわないだろうか。

心配だ……。


俺がなんとかしてあげられないだろうか。


キシドロが終わったらしく、子供たちが森のほうから塊になって帰ってくるのが見える。

今日の遊びも大満足だったようで、みんな白い歯を覗《のぞ》かせていた。

「騎士団長ともなれば、騎士としての仕事よりも、対外的な社交性が必要な仕事が多いのかもしれないな」

「……私は、ただ先生みたいに強くなりたくて騎士団に入ったのに……これじゃ本末転倒だわ」

苦笑してエミリアは肩を小さくすくめた。

「これ、もらっていくわよ」

エミリアは机の上に広げられた俺のパンツを丁寧に何度か折りたたんで、胸当ての内側にしまった。

「寮の外に干しておくんだ。そうすれば、変な男は寄ってこない」

「だといいけど」

ティーカップに口をつけ、うんと伸びをするエミリア。

水を飲もうとやってきた子供たちに見つかり、「エミちゃんだ！」「エミリアお姉《ねえ》ちゃんだ！」とあっという間に取り囲まれてしまった。

「みんな久しぶり。元気だった？」

笑顔のエミリアに子供たちは我先にと答えた。

ホームでのエミリアは、偉大なる剣士で誰もが憧れる王国騎士団団長。

強く気高いエミリアを目指して、日夜剣を振る子もいるくらいだ。

「ごめんね、みんな。私、もう行かないと」

残念そうに声を上げる子供たちを宥《なだ》めて、エミリアはホームを出ていく。乗ってきた馬に鞍《くら》をかけ、手綱をほどいた。馬二頭とヤギと鶏が十数羽いる小屋のそばだった。

見送りに行くと、快活そうな笑みを見せた。

「今日はありがとう。先生」

「俺は何もしてないよ」

「ううん。気分が楽になったわ。ここにいる子たちとも話せて、とっても良かった」

「……あまり無理をしないように」

「ええ。わかってる。それじゃあ、また手紙を送るわ」

エミリアは馬にまたがると、俺や見送りに来た子供たちに手を振って去っていった。

子供たちは、久しぶりにエミリアに会えたことで興奮気味のようだった。

だが俺にとってはまだまだ子供。

あの子は、騎士団長になってまだ日も浅い。

エミリアの暮らしがどう変化したのか、一度様子を見に行ったほうがいいかもしれない。


寮の部屋は荒れてないか。

きちんと睡眠は取れているのか。

朝食はきちんと食べているのか。

悩みを話せる友達はいるのか。


ひとつが心配になると、まとめていろんなことが心配になってしまう。

「レベッカにしばらくホームを空けてもいいか相談しよう」

4 王都グランドフロレスへ行く

レベッカにしばらくホームを留守にしてもいいか相談したところ、ＯＫをもらったので、俺は王国騎士団が本拠を置く王都までやってきていた。

『エミリアのことが心配なのでしょう。どうせ、気にしはじめたら他のことが手につかなくなりますから、行ってきていいですよ』

こんなふうにレベッカは俺を心配性扱いするが、親代わりで育ててきた子ならば心配して当然。むしろ普通だろう。

『私もあの子が上手《うま》くやれているのか気になりますし』とレベッカは最後に付け加えた。

なんだかんだで、レベッカも様子を知りたかったらしい。

普段の暮らしぶりを覗《のぞ》く必要があるため、俺はまたしても剣士クイールに変装していた。

保護者がわざわざ王都まで仕事の様子を見に来たと知れば、エミリアは俺を邪険にするか、もしくは普段以上に張り切るか、そのどちらかが予想される。

どちらにしても普段と違うので、またクイールに変装することにしたのだ。

まずは、王国騎士団と新しい騎士団長サマの評判を聞くことにしよう。

となれば、場末の酒場が適している。

俺は繁華街を通り抜け、小路《こうじ》にある小さな酒場に入った。カウンターに座り適当に頼んだ酒をちびちびと呑みながら、他の客の話に耳を傾けてみる。

情報を得るには、こういった酒場がいい。酒が入ることで口の滑りもよくなる。

「どうだい、旅の剣士さん。このグランドフロレスは。賑《にぎ》やかでいいだろう?」

気のいい店主が、カウンターの向こうから俺に話しかけてきた。

「そうですね。街の人たちにも活気があるようで」

「騎士団のおかげだよ。あの方たちが巡回するだけで、小悪党はみんな尻尾撒《ま》いて逃げるんだ。おかげで客商売もずいぶんしやすい」

「騎士団って、そんなにすごいんですか?」

無知を装《よそお》って尋ねると、彼は大きくうなずいた。

「一部の人間しかなれないからね。腕っぷしはもちろん、人格だったり、人間性の部分も入団前に審査されるって話だ。品行方正、悪を憎むような正義の集団ってことさ。ウチの坊主《ぼうず》も騎士団に入りたいだなんて言ってるよ」

からからと笑う店主に、俺は小さくうなずく。

自分が褒められたようで、なんだか嬉《うれ》しい。

品行方正、か。エミリアは勝ち気な自信家で負けず嫌い……だが、人間性の部分は疑う余地がないくらいとってもいい子なのだ。

口が軽そうなこの店主に、新騎士団長の話でも訊《き》いてみよう。

「女の子の団長がいると耳に挟んだのですが、どういった方なんでしょう？　珍しいですよね」

店主がにんまりと笑う。

「第三騎士団長のエミリア様のことだろう？　『騎士団の黄金花』と呼ばれるくらい、可憐《かれん》で滅法腕が立つ少女だ」

確かにエミリアは強いが、そこまで評価されているとは知らなかった。

「あの方は入団時から人気のあった騎士様だが、騎士団長になったことでますます拍車がかかってね。巡回で姿がお見えになると、男女問わず大人気で歓声が上がるくらいだ」


それは……非常によくない。

エミリアは騎士団長の前に一騎士であり剣士。

人気になればなるほど、変な男が寄ってくるに違いない。

市民から支持を得ることはいいと思うのだが、騎士の本分からそれているのではないか。


「ここだけの話だが」

と、店主は顔を寄せて声を潜める。

「騎士団の支持を得るための人選じゃないかって噂《うわさ》がある。実力は十分だが、もっと他になるべき方がいたはずだろう、と」

「少女が騎士団の顔ともいえる騎士団長になれば、話題性は抜群。女性にも支持される――」

「その通り。旅の剣士さん、よくわかってるね」

騎士団長昇格が政治的な理由だと陰口を叩《たた》かれているのは、エミリアも本意ではないはず。

周囲を黙らせるほどの実力があれば、おのずとそういう発言も減るだろうが、騎士団長というのは、なかなか難しい立場らしい。

またちびりと酒を呑むと、外から悲鳴が聞こえた。

「なんの騒ぎだ。……すみません、ちょっと見てきます」

俺は店主に断って騒ぎ声がする通りまで顔を出してみると、使い込んだ甲冑《かっちゅう》を身にまとった大男が、娘を抱えて父親らしき男を殴り飛ばしたところだった。

その弾みで、大男の胸元にしまってあるペンダントが外に出た。

あれは、恩賜《おんし》のペンダントか？

「王都でもあんな輩《やから》がいるんだな」

「あいつは、傭兵《ようへい》のジミスだ」

俺と同じく野次馬をするためか、店主があとをついてきて教えてくれた。

「……ジミス……あのジミスですか」

「ああ。王都じゃいい意味でも悪い意味でも有名だよ。ジミスは、かつての大戦で大手柄を立てた歴戦の傭兵で、横暴なふるまいをしても功労者だけあって、騎士団も強く出られないんだ」

「それで、父親から年頃の娘が取り上げられるところを、街のみんなは見て見ぬフリをしていると？」

「はは……手厳しい」

歴戦の傭兵であれば、俺が知らないはずがない。

作戦次第では軍と協力することもあったし、雇われの傭兵は、立場的には俺と同じだったので、ちょっとした手伝いを依頼することもあった。

「やめるように言ってきます」

「悪いことは言わねえ。やめたほうがいい。騎士団でも手を焼くほどの剣の腕前で――」

続けようとする店主には構わず、俺は通りに出る。

「死んでも知らないぞ！」と店主の声が後ろから聞こえてくるが、俺はジミスたちに近寄っていく。

抱えられた娘は暴《あば》れているが、ジミスはまるで動じない。

「やめてっ！　離して！　なんなのよあんた！」

「活《い》きのいい娘だな！　グハハハハ！」

「娘に何をする気なんだ!?　離してやってくれ！」

「おまえの娘は、このジミスに選ばれたのだ。喜べ、オヤジ！　グハハハ！　優秀な遺伝子を受け継ぐ子を、産ませてやろうというのだ！」

「ふ、ふざけるな！　この子は、ここまで男手ひとつで育ててきたたった一人の娘なんだ……！おまえみたいな男にいいようにされてたまるか！」

父親が摑《つか》みかかろうとするとジミスに軽くいなされ、腹に痛烈な拳を入れられた。

「うぐっ」

「お父さん⁉」

「グハハハハ！　弱いとは罪だな。また孫の顔でも見に来てくれよ『お義父《とう》さん』」

大笑いするジミスと痛めつけられ動けない父。泣き叫ぶ娘。

誰も手が出せず見て見ぬふりをする通行人たち。

俺が思い描いた平和な世の中とは全然違った光景だ。

大戦が終われば、誰もが平穏に暮らせると思っていたが、王都ではまだこんな野蛮な行いがあるのか。

親から強引に子供を攫《さら》うなど言語道断。鬼畜の所業としか思えない。

我が子が見ず知らずの大男にメチャクチャにされる――父親目線で見ると、あんな凶行を見逃していいはずがない。

許　せ　ん

「おい、ジミスとやら」

「んあ？　なんだ、てめえ」

ジミスは酒臭い息を俺に吹きかけてくる。至近距離で見ると確かに大男で、その体格と威圧的な態度は一般人には有効だろう。

「その子を離して父親に返せ」

「てめぇに関係あんのか？　あぁん？」

バカでかい体躯《たいく》を縮めて俺に目線を合わせてくるジミス。

「何度も言わないぞ。……その子を、父親に返すんだ」

目に少しの気迫を込めてジミスを睨《にら》む。

武芸を少しでも嗜《たしな》む者ならわかってくれるくらいの気を見せたが、ジミスは平然としている。

「グダグダうるせえなッ！　てめぇ攫ってバラしちまうぞゴラァァ！」

怒鳴るジミスに、周囲の人たちは目をそらし、あるいは首をすくめた。

腰の大剣……こいつからすれば片手で振るえる代物のようだが……を抜いて切っ先を俺に突きつけてくる。

やれやれ、とため息がこぼれる。

俺の気で、格の上下がわからないか。こんな男がのさばっているのかと思うと、王都の治安もまだまだだな。

「阿呆《あほう》につける薬はないな――」

俺は腰の剣……また適当に買ったセール品に手をかけ、少し腰を落とす。


「ツ――……!?」

ジミスの顔色が変わった。俺が得物を握ってようやく力量に気づいたようだ。

本来なら、得物を俺に握らせた時点でこいつは死んでる。

王都の往来で、さすがに殺しはしないが。

「な、ん、だ……てめえ……⁉　ナニモンだ」

「誰でもいいだろ。どうした、斬れよ。俺をバラすんだろ？」

「ぐぬぬぬぅぅぅぅ！」

呻《うめ》きを上げると、娘を抱えていたことも忘れたのか、するりと拘束が解かれ、娘は父の下まで逃げた。

ジミスはだらだらと汗を垂らし、切っ先を震わせながら、本能に抗《あらが》うかのように大声を上げた。

「ウラアアアアア！」

大剣を気合いとともに振り上げる。

その刹那、懐《ふところ》に入り、俺は剣を鞘《さや》ごと腹部に叩き込んだ。

「ほごぉ⁉」

巨体がくの字に折れ曲がり、一瞬にして膝をついた。

そのわきに俺はしゃがんだ。

「……おまえ、ジミスじゃないな？」

「お、オレ様は、ジミスだ」

「いや違う」

真っ向から俺は否定して続けた。

「傭兵ジミスは、もう死んでる」

「⁉」

「俺が殺したんだ」

傭兵ジミス。俺がまだ現役の暗殺者だったとき、護衛として標的に雇われた男で、仕事の邪魔になると判断し『行方不明』になってもらった。

「おまえもジミスみたいに死ぬか？」

青い顔をしたジミスこと偽《にせ》ジミスは、ぶるぶる、と顔を左右に振った。

「それなら、やることはわかるな？」

誰かが呼んだらしい騎士の数人がこちらに馬で駆けてくる。そこにエミリアがいるのが見えた。

「ジミス！　また民に乱暴しているのね⁉」

険しい顔でエミリアが声を上げた。

「わかるな？」

再度含みをもった言い方をすると、偽ジミスは何度もうなずいた。

「俺はおまえの死神だ。いつでもおまえを見ているぞ」

這《は》いつくばったまま、偽ジミスは俺に目をやる。押さえこまれた本能的な恐れが体を支配しているようで、恐怖に染まる表情は、まさしく死神を見るかのようだった。

エミリアと部下らしき騎士が下馬し、こちらにやってくる。

「騎士さん。ジミスじゃなく、ただの小悪党です。ペンダントも偽物です」

「え⁉」

驚くエミリアに、俺は目線を偽ジミスに振る。

「そう、です……この人の、言う通りです。本当はジミスじゃないです」

偽ジミスはすべて白状した。

「今日という今日は叩きのめして連行しようと思っていたのに……なんだか拍子抜けだわ」

「この程度の男の力量も見抜けないとは」

思わず師匠としての小言がこぼれてしまった。

「何か聞こえましたけど？」

エミリアがキッと俺を睨んだ。

俺は肩をすくめて「いいえ、何も」と返す。

「大した力量ではないと、もちろんわかっていましたが、恩賜のペンダントを盾にされてしまい……対応がいつも後手に回ってしまっていたんです。今回はご協力ありがとうございました」

「いえいえ。治安維持に貢献できて嬉しいです」

「あの、さっき、遠目にしか見えなかったけれど、かなりの使い手とお見受けしました」

「大したことないですよ」

本当に、剣だけで言うとそこまでの腕ではないのだ。

「ご謙遜を」

部下の騎士たちが偽ジミスに縄をかけ連行していく。エミリアは彼らに事務的な手続きの指示を出して見送った。

「もう立派な騎士なんだなぁ。いっちょ前に指示出しちゃって」

俺には見せない教え子の一面を垣間《かいま》見て、その成長にほろりと泣きそうになってしまう。ぐすん。

人の上に立つというのは、なかなか大変なものだな。

仕事を自分一人で行っていた身では、想像することも難しい。

「私、エミリアと申します。第三騎士団の団長をやっています」

正対して改めて自己紹介するエミリア。

「どうも、団長さん。俺はクイールです。方々を旅しているだけの剣士です」

「旅の方でしたか」

そう言うと、エミリアは何か決め込んだようにうなずいた。

「クイールさん、あなたの腕を見込んで、もしよろしければ武術師範として我が第三騎士団にお迎えしたいのですが、いかがですか？」

お。ちょうどいい。

これなら、普段どういう生活をしているかもわかるし、言い寄る男たちがどんな男なのかもわかる。

一石二鳥だ。

「団長！　こんなどこの馬の骨ともわからない男を武術師範だなんて」

と部下が諫《いさ》めるがエミリアは一蹴した。

「あなたも腕前を見たでしょ」

部下が黙り込んだのを見て、俺は返事をした。

「俺でいいのでしたら、是非。けど、一体どうして武術師範が必要なんですか？」

「あー、ええっと、こちらの事情なのですが……」

苦笑いしながらエミリアは教えてくれた。

「定期的に王国騎士内部で行われる試合……交流戦というものがあるのですが、第三騎士団は前回、前々回と最下位だったんです」

「それはなんとも不名誉な」

「はい。次が私が団長になってはじめての交流戦で、それが二か月後に迫っています」

もうなりふり構っていられないのだろう。

素性の知れない旅の剣士に武術師範を依頼するなんて。

「元々、団内での評価が低かったことや、若輩の私が団長になったことで、ますます第三騎士団の実力が疑われるようになってしまいました。だから次の交流戦で、なんとしても汚名返上したいのです」

え、エミリアが困っている――‼

先生に任せなさい、エミリア。

この件に関しても全力で俺が対処しよう。

俺は、エミリアの普段の生活を観察し、近づく男に目を光らせつつ、団員の稽古を担当する。

そばにいられる理由があるのは、こっちとしても助かる。


「もちろんお礼はします！　私の権限内で可能なことはなんでも――」

「わかりました。武術師範の役目、引き受けましょう」

「い、いいんですか⁉」

「はい。王国騎士団の能力底上げは、王家の安全と王都の治安強化に繋《つな》がりますから」

それっぽいことを言うと、エミリアは頭を下げた。

「ありがとうございます。団員たちをよろしくお願いします」

「ですが、いきなりやってきた男に指南されてもまともに取り合ってくれないでしょう」

武芸の道に進む者なら、やはり一番手っ取り早いのは実力のほどを見せることだろう。

「じゃあ、私でいいなら立ち合いましょうか？　それで実力のほどを騎士たちに示してください」

「負かさないように気をつけないとな」

エミリアには騎士団長としての立場がある。

部下の前でコテンパンじゃ、プライドも傷つくだろうし、部下に対しても印象が悪い。

「負かさないように？　私に勝つおつもりで？」

「あ」

しまった。言葉に出したつもりはなかったのに。

エミリアは俺の失言に怒ったらしく、青筋立ててピキピキさせている。

「面白いじゃない。やってあげるわよ」

闘志を沸々と沸きたたせているエミリア。よっぽど頭にきたのか、敬語じゃなくなっている。

「負けず嫌いは相変わらずだな」

と、俺は聞こえないようにつぶやく。

「騎士団用の訓練施設があるわ。そこでお手合わせいただけるかしら」

「いいでしょう」

こうして、腕試しをすることになった。

武術師範になれないと、エミリアのそばにいる理由がなくなってしまう。

ここはなんとしても認めてもらわないと。

5 師範足り得るか

motosaikyou ansatsusya ha inaka de hissori shinpu ni naru

クイールと名乗った剣士は、先を急ぐわけでもない旅をしていて、王都に逗留《とうりゅう》するのも問題ないそうだ。

「ここよ」

エミリアはクイールを騎士団の練兵場に案内した。

騎士団の寮がそばに併設されている練兵場は、今日も非番の騎士が剣術や体術などの稽古に取り組み汗を流している。

「へえ、ここで普段訓練されてるんですね」

のん気にクイールは言って周囲を見回す。

「あそこが、第三騎士団の寮よ。あなたもしばらくあそこで生活してもらうわ」

「棟がひとつしか見えませんが、まさか……男女混合ですか？」

「そうよ。別に一緒でもいいでしょ」

「いいえ。よくない。非常によくない」

クイールの目がすっと細まって纏《まと》う雰囲気が瞬時に冷え込んだ。

「え？　ど、どうして？」

予想外の反応にエミリアは戸惑った。

「騎士とはいえ年頃の男女が一つ屋根の下で生活をともにするなど……間違いが起こります」

「間違い？」

ここまで言ってもわからないか、と言いたげに、クイールは険しい顔で天を仰ぐ。

「こういうのは、もうちょっとちゃんと教えとけばよかった」

「何をぼそぼそと」

「間違いというのは、若さゆえに暴走した性欲のせいで、いやらしいことを何度も繰り返してしまうということです」

「え。え。えええっ⁉」

思ってもみない回答に、ぼわぼわぼわ、とエミリアの白い顔が赤く染まった。

「い、いやらしい、こと……？」

具体的に何を指しているのかわからないエミリアだったが、恥ずかしい行為だというのは、うっすらと理解できた。

「騎士の業務に差し支えます。暴走を続けると、そのことしか考えられなくなりますから」

ごくり、とエミリアは息を呑《の》んだ。

「大変だわ」

「もうすでに蔓延《まんえん》している可能性もあります。騎士団全体の問題として提案すべきです。寮は、男女別にするべきだ、と」

「そ、そうね……パフォーマンスが落ちるようなことがあってはならないわ。総長には私から進言してみる」

「それがよいかと」

この男の視野の広さと見識にエミリアは内心驚いていた。

いろんな国や街を旅して得た知識なのだろう。

「私に足りないのは、こういう広い視野なのかもしれないわね……」

険しい表情で寮を睨《にら》むクイールを横目にぽつりとつぶやく。

エミリアは自分は人を見る目があると自負している。

このクイールも一角《ひとかど》の人物であると思われるが、全貌が不明瞭で底がまるで見えなかった。ぱっと見では、自分と大差ない力量に感じられるが、もしかすると圧倒的な開きがあるのでは、とつい思ってしまうほどだった。

それでも彼に武術師範のお願いをしようと思ったのは、腕はもちろんのこと、無関係なのに偽《にせ》ジミスに立ち向かい親子を助けたからだった。

見ず知らずの人間に対し、あそこまで親切にできる人間はそうはいない。エミリアは彼の中に、騎士道精神の一端を垣間《かいま》見た気がした。

評判の悪さに困窮しているとはいえ、武術師範は誰でもいいわけではない。

あとは、どれほどの腕があるかだ。

「レベッカ団長！　ジミスを捕らえたそうですね！」

練兵場のほうからこちらに気づいた男が声を上げた。

第三騎士団副長のジェレミアだった。

生真面目そうな印象そのままの彼は、何人かと剣術の稽古中のようだ。現在はジェレミアに団員たちの武術全般の指導を頼んでいた。

「この人のおかげよ。……紹介するわ。クイール。旅の剣士よ」

「どうも。クイールです」

「ジェレミアです。第三騎士団副長として団長を補佐しております。この度は、ご協力いただきありがとうございました」

「いえいえ。たまたま居合わせただけですから」

「しかし団長。功労者とはいえ、部外者を練兵場に入れるのは禁止されています。どういったご用件なのですか？」

騎士団員の中でもひと際《きわ》真面目なジェレミアが、事情を尋ねた。

ちょうどいい、とエミリアは説明することにした。

「クイールには、第三騎士団の武術師範をお願いしようと思っているの」

「…………武術師範、ですか」

ジェレミアは露骨に顔をしかめた。

反応は予想できたが、エミリアが思った以上に、クイールを連れてきたことは、彼の自尊心を傷つけてしまったようだった。

「ジェレミアは、副長としての仕事がたくさんあるし、他の騎士たちの稽古に付き合うとなると大変でしょう？　私も常に指導できるわけではないし」

「ですが……ただの旅人に我が第三騎士団の稽古を任せるというのは納得いたしかねます。交流戦も控えているのに」

力量が不明な旅人に指導役はさせられない、ということだ。

「クイール、ジェレミアはよその騎士団に配属されれば騎士団長にもなれるという逸材なの。私の前に、まず彼と一本勝負お願いできないかしら？　彼に勝てないのなら、私が腕を試すまでもないわ。武術師範は別の方を探します」

すでにジェレミアはやる気で、クイールに敵意を放っている。

「わかりました。やりましょう。エミリアさん、準備しておいたほうがいいですよ」

自信満々の発言に蔑《ないがし》ろにされたジェレミアが声を上げた。

「貴様ッ！　私をナメているのか⁉　旅の剣士風情《ふぜい》が！　王国騎士団の副長でもあるこのジェレミアをなんだと思っている⁉」

「すみません、そういうつもりでは——」

「じゃあどういうつもりだ！　騎士団副長をコケにしたこの男、許せん……！　やるぞ。ついて来い」

殺気立ったジェレミアが、練兵場の中心部へと歩いていく。クイールが後に従うと、周囲がざわついた。

「あの剣士、誰だ」

「立ち合うって聞こえたぞ」

「ジェレミア副長と立ち合うなんて無謀な……」

「三〇人の野盗を一人で斬り伏せたこともあるんだぞ」

「旅の剣士じゃ敵《かな》わんよ」

稽古の手を止めた騎士たちが口々に言うように、ジェレミアの実績、実力は折り紙付き。騎士団長に空きができたら彼が就任するだろう、というのが大方の意見である。

だが、エミリアの意見は違った。

「いい勝負になる……もしくはクイールが僅差で上回るってところかしら」

目算が正しければ、武術師範として十分面目が保てる実力である。

ジェレミアは、真面目で後輩の面倒見もよく人望があつい。彼のことを考えると、稽古は稽古で別の誰かに任せたほうがいいとエミリアは思っていた。

「木剣にするか？」

「いえ、真剣で構いません」

首を振るクイールにジェレミアが眉をひそめた。

「怪我《けが》するぞ？」

「大丈夫です。こっちも怪我させないように気をつけます。仕事に支障が出るでしょうし」

「こいつ……ッ！」

二人が向かい合い、エミリアを一瞥《いちべつ》する。

うなずくと、ジェレミアが抑え込んでいた殺気を放つ。

「師範役は私が団長から頼まれた重要な任務のひとつだ。どこの誰かもわからん旅人に、その任を奪われるわけにはいかない！」

ジェレミアは本気のようだ。

実力を測るための様子見はせず、初手から全力で打ち込むつもりだ。

柄に手をかけたままジェレミアは動かない。その様子を見て野次馬の騎士たちがひそひそと会話する。

「なんっつー気迫だ」

「真正面にいたらチビッてたぜ」

「チビる程度？　俺なら加えて腰抜かしてるね」

「あいつ、大丈夫か？」

対して、クイールは泰然自若とした様子で、柄頭に手を置いたまま。あれでは、ジェレミアに一足飛びに懐《ふところ》に入られ、真っ二つにされるだろう。

だが実際は、そうはならなかった。

ジェレミアが息を呑《の》むのが、離れたエミリアにも見えた。

端から見ると何もしていない時間が流れていくが、エミリアには、わずかな仕草にジェレミアの試行錯誤が見てとれた。

足や手の位置を変えたり、肩を少し動かしたり。ジリッと下がったと思うと、ジリリと慎重に前に出て、またジリジリと下がっていく。

挑発、フェイント、誘い出し、いろんな手を使って攻め手を試している。

そのせいか、ジェレミアの額には早くも汗が滲《にじ》んでおり、柄を握った手が小刻みに震えていた。

「副長が、動かないぞ……?」

「どうしたんだろう」

「副長ー！　そんなナメたやつやっちまってくださいよ！」

「ちょっとビビらせてやりゃ、しまいでしょー」

面白がっている騎士たちがやんやと野次を飛ばすが、依然としてジェレミアは動かない。

「動かないんじゃなく、動けないのよ」

ぽつりとエミリアはつぶやく。

構えていないクイールだが、踏み込まれたあとどう対処するのかも、逆に踏み込んできたらどんな攻撃が飛び出してくるのかもまったく想像できない。

いや……できないというより、させないのだろう。

ジェレミアは、真っ暗な闇と対峙《たいじ》しているに等しいのだ。

ゾクゾク、とエミリアの背が震えた。

「何……あの人……」

彼の異常さがわかる人間が、この場にどれだけいるだろう。

クイール自身はなんの気配も発さず、そのへんを歩いているのと同じ様子でジェレミアと対峙している。

野次を飛ばすだけの騎士たちは、仕掛けないジェレミアが不思議でたまらないだろう。なぜただ突っ立っているだけの剣士を前に動かないのかと。

「あの、始まってますよねこれ。いいですよ、打ち込んで」

クイールが話しかけると、ジェレミアの肩がびくんと反応した。

「だっ、黙れ……！」

「やっぱりやめます？」

「くうッ……」

クイールが気軽に一歩を踏み出した瞬間、ジェレミアが数歩一気に飛び退《の》く。

「はぁ……はぁ……」

ジェレミアの汗はいつの間にか顎を流れ、下に垂れていた。

凡夫であれば闇雲に仕掛け勝敗は決していただろう。だが、肌感覚で格上だと理解しつつ圧力に耐え、好機を見出そうとする慎重で冷静なジェレミアは、褒められて然《しか》るべき対応をしていた。

「凄《すさ》まじい精神力です。やめてもいいのに、それでもなお立ち向かおうとする気概は、騎士として賞賛に値します」

もう軽口に応じる余裕もないのか、ジェレミアはクイールをただ睨んでいる。

エミリアは、尻尾を巻いて逃げないジェレミアの勇気を称《たた》えたかった。

なぜなら――。


「格が違い過ぎるんだわ」


エミリアは立ち合いはやめさせたほうがいいのか、判断に迷っていた。

ジェレミアの団内での名誉のため、やめさせるべきか。対峙した人間にしかわからない圧倒的な圧力に耐え続けている彼の意地を尊重するべきか。

「次もあるので、じゃあ、このへんで」

クイールは、敬意を表すように小さく会釈《えしゃく》した。

柄頭に置いた手が動く。

間合いの外にいたジェレミア――立て直そうとして距離をとったのだろうが――クイールが柄を握るとほぼ同時に安全圏にいたはずのジェレミアは捉まった。

瞬《まばた》き一度に満たない刹那。

ジェレミアはクイールの最接近を許した。

だが、ジェレミアも反応する。さすがに動く。

剣を抜こうとすると、そのとき、すでにクイールはジェレミアの後方に移動していた。

「え。消え、た……？」

エミリアが小声を漏らす。すれ違う瞬間が、まったく見えなかった。クイールはすでにもとの柄頭に両手を置く姿勢に戻っていた。

「うっ……」

苦悶《くもん》の表情でジェレミアが崩れ落ちる。

「副長⁉」

「どうしたんですか副長⁉」

「今、何が」

「いきなりあいつが移動したと思ったら副長が倒れて」

ざわつく団員たちにエミリアは指示を出した。

「救護室に連れていってあげて」

「はい！」

余興を見学するかのような雰囲気は一変し、騎士団らしくキビキビとした動きを見せ、騎士たちはジェレミアを運んでいった。

対して、クイールは苦い表情を浮かべる。

「あれでダメだったか。申し訳ない」

去っていくジェレミアに謝っていた。

エミリアには、ホームのザック院長を相手にしたとき以来の衝撃だった。

「世の中には、先生以外にもこんな人がいるのね……」

驚くとともに、自分の人選は間違っていなかったのだと自信をつけた。

6 武術顧問のクイール

ジェレミアとやらには、悪いことをしてしまった。

手加減したつもりだったが、まだ強かったらしい。

それはともかく、これでようやく「武術師範の試験」が受けられそうだ。

「エミリアさん、お願いします」

離れたところでジェレミアとの一戦を見守っていたエミリアに声をかけると、首を振った。

「さっきので、だいたいわかったわ。私の目に間違いはなかった。あなたには、やっぱり武術師範をお願いしたい」

エミリアには、さっきのを見て俺の力量がある程度わかったようだ。

久しぶりにエミリアと剣をまじえることが楽しみだったから、肩透かしを食らったような気分だったが、認めてもらえたのでここでやり合わなくてもいいだろう。

「では、正式にお受けいたします。あと、ジェレミアさんには悪いことをしてしまいました。私からあとで謝りにいきます」

怪我をしない範囲で打ち込んだつもりだったが、加減を誤ってしまった。

久しぶりに剣を振ると、ブランクのせいで思うようにいかないものだ。

「気にしないで。お互い了承の上で望んだ立ち合いで、彼は彼で本気だったけどクイールに及ばなかっただけ。怪我の程度も軽いでしょうし二日もあれば現場に復帰できるはずだから」

と、エミリアは苦笑する。

野次馬をしていた騎士たちは、まだ俺のことをずっと注目している。

さっきとは違った視線の種類だった。

「あなたみたいな人が、旅をしているだけなんてもったいないわ」

「性分ですから」

俺は適当にそれっぽいことを言う。

旅の剣士クイールが神父ザックだとバレては困る。保護者がわざわざ職場に来るなんて、跳ねっ返りのエミリアなら邪険にして追い出すに違いない。

この変装は、エミリアの悩みを解決するためには仕方のないこと。手段を選んではいられない。

歩いてきたエミリアが、そっと手を差し出す。

「改めて、あなたを第三騎士団付き特別武術顧問に任命します。よろしくね、クイール」

「こちらこそ」

俺はエミリアと握手を交わす。

握った印象だと、稽古はさほどできていないように思えた。仕事が忙しいのか、それとも悩みのせいなのか。

手を離すと、エミリアは自分の手を見てくすぐったそうに微笑《ほほえ》む。

「お父さんの手に似ているわ」

「そうですか?」

エミリアは、戦災孤児で八歳のときにホームに迎え入れた子だ。亡き父親の記憶でも蘇《よみがえ》ったのだろうか。

「私、お父さんが二人いて、本当のお父さんと、育ててくれたお父さん……育ての父が、剣を教えてくれたのだけど、その人の手みたいだなって」

くすりとエミリアは愛らしい笑みを覗《のぞ》かせた。

バレたのでは、と一瞬ひやりとするけど、それ以上にエミリアが俺のことをお父さんと呼んでくれる嬉《うれ》しさが勝った。

面と向かって呼ばれたことはないが、そんなふうに思ってくれていたのか。

なんだか、じいん、とする。

「これから生活する寮を案内するわ。って、どうしたの? 目が真っ赤よ」

「ああ、いや、気にしないでください」

ごしごしと目元をこすって浮かんだ涙を誤魔化す。

「みんな、見てないで自分の稽古に戻って」

エミリアが言うと、騎士たちは慌てて鍛錬を再開した。

「こっちよ」とエミリアが先導するので俺はあとについていく。

寮と呼んだ騎士宿舎は、老朽化が進んだ三階建ての集合住宅のようなものだった。一棟につき一騎士団が割り振られているらしく、第三騎士団寮の中を案内してくれた。

まずは食堂。一〇〇名が一度に食事ができるほど広い。

「決まった時間内なら、何食でも食べていいのよ」

「それは助かりますね。ちなみに、エミリアさんは朝食は取っているんですか?」

「え?」

「いえ、多忙なようだったので、食べているのかなと」

「ご飯を抜くことはないわ。食べないと調子が出ないのよ」

ふふふ、とエミリアは笑う。

ホームにいたときから食べることが好きな子だった。仕事に忙殺されているのでは、と心配だったが、食事の時間が取れているようで良かった。

次に風呂に案内された。

男女兼用だそうで、これは非常によくなかった。王国騎士団は、女子の性やプライバシーに関しての配慮がなさすぎないか。

「兼用で困ったことはとくにないけれど? 気にしすぎよ」

とエミリアは言っていたが、俺の表情は険しいままだった。

エミリアよ。

男がおまえのことをどんな目で見ているのか、客観視したほうがいいぞ。

剣に関してはそれができるのに。なぜなのか。

「次はお部屋に案内するわ」

寮は古い建物なので廊下や床ははギシギシと軋《きし》み、扉の建付けも悪く開閉にちょっとしたコツが必要だった。部屋の壁は薄く、ちょっとした話し声が廊下や隣に聞こえるような有り様だ。

「……年頃の女の子が住むにしては、プライバシーもクソもないな」

隠密性ゼロの寮なら、男がエミリアを尋ねたりすれば、団員たちに筒抜けとなる。これはこれで、ある種の抑止力となっているのか？

こもった猫のような鳴き声が聞こえ、天井がギシギシと音を立てていた。

「猫かしら？　ときどき聞こえるの。天井裏にでも住みついてるのね、きっと」

エミリアは上を見上げて微笑んでいる。

が、そんなわけない。

ニャアニャアと断続的に聞こえるアレは、女性のただの喘《あえ》ぎ声だ。

要は、鎧《よろい》も騎士の肩書きも脱ぎ捨てた男女が上の部屋のベッドで乱れているだけ。

清廉潔白と思われる騎士だって、休みの日はナニをするのも自由。こんな筒抜けの寮でもヤリたいやつはヤる――。

やっぱり、寮は男女別にすべきだ。

あれを猫の鳴き声だと勘違いするエミリアは、知識がないどころか経験もゼロなのだとわかる。

育ての親としてはそれがわかっただけで安心なのだが、知識がないというのは、それはそれで困るものだ。

「私の部屋はここよ。入団時からずっとここなの。騎士団長用の部屋に引っ越すようにって総長から言われているけれど、面倒くさくて」

困ったように頬をかくエミリアは、中を見せてくれた。

手狭な一室には、ベッドと執務机と椅子。開け放たれた窓からは陽《ひ》が入り込んでいる。

「綺麗《きれい》に片付いてますね」

整理整頓は、ホームにいる頃から口酸《す》っぱく言ってきたが、その習慣は今も続いているようだ。

「そうかしら」

「さっぱりしていて気持ちのいい部屋です」

「ふふ。ありがとう」

整理整頓は精神を整えるという俺の教えはきちんと守られていた。

整然と並ぶ書類の数々。ペンもインクもきちんと使いやすい場所に収められている。ベッドもシーツや毛布に乱れがなく、起床後に皺《しわ》を伸ばし、丁寧に畳んでいるようだ。

「隣が空いているから、クイールはそこを使ってちょうだい。狭いけれど、私物が多くなければ困らない広さだと思うわ」

「わかりました」

隣の部屋を覗くと同じ間取りで同じ場所に机とベッドがあった。全体的に使い古されているが、歴代の住人たちはみんな丁寧に使っていたようだ。

窓を開けて外を眺めると、練兵場が見渡せた。隣に目をやると、エミリアがちょうど顔を出していて「いい部屋でしょ?」と微笑んだ。

「そうですね」

と俺は返したが、ひとつ疑問が浮かんだ。

渡した俺のパンツ、どうしたんだろう。外にも干してないな。

あれは一種の魔除《まよ》け。畑における案山子《かかし》のような役割を果たす。

見える場所になければ意味はないのだが。

古いものだったし、捨てられていても不思議ではない。

壁越しにノックされると「私は仕事に戻るから、今日一日はゆっくりしてね」と隣からエミリアの声がした。

「わかりました」と俺も壁に向かって返事した。

王国騎士団の総長って、たしか今はアイツだったな? 時間が取れたらあとで寮は男女でわけるべきだと言っておこう。


翌朝、寮の前に集合した第三騎士団全員の前で、俺はエミリアから紹介された。

「今日から私たち第三騎士団付きの特別武術顧問になった、クイールよ」

昨日のジェレミアとのことを知っている者、そもそも俺のことをはじめて知った者、反応は様々で、みんながざわついた。

「副長は指導役じゃなくなるのか」

「副長を瞬殺だってよ」

「嘘《うそ》だろ。あんなやつが副長を?」

「ただの青年だぞ」

ひそひそとやりたい気持ちはわかる。いきなり外様《とざま》の謎の男がやってきて、人望実力抜群の副長様に代わるんだから。

それと、団全体を見渡してみて気づいたことがある。案外女性が多い。

他の団の内訳は知らないが、ここは三割近くが女性騎士だ。

エミリアが騎士団長だから、余所《よそ》から異動してきたりしたんだろうか。

「女性は膂力《りょりょく》では男に劣るから、弱いと言われるのも仕方ないんじゃ……」

と、俺は疑問に思っていたことが、つい口からこぼれてしまう。

みんなが俺に注目しはじめたので、挨拶した。

「クイールです。この度は、僭越《せんえつ》ながらみなさんにご指導差し上げることになりました。しばらくの間、よろしくお願いします」

「クイールは、ジミス逮捕に貢献してくれた人で、腕前は、私と同じくらいか、それ以上よ」

ざわつきが、どよめきに変わった。

「団長以上だと……?」

「それって、騎士団長よりも強いってことだろ」

「意地っ張りで負けず嫌いの団長が？」

「実力を容易《たやす》く認めるなんてよほどの腕ってことか」

小声でしゃべる男性騎士たちに対して、女性騎士は俺に興味津々《きょうみしんしん》といった様子で、眼差《まなざ》しに熱いものを感じた。

ぱっと見たところ、年頃はエミリアと同年代くらいだ。

彼女らのひそひそ声は、男性騎士とはまた視点が違った。


「騎士団長級の腕ってことは、大出世あるよね」

「エミ様が連れてきたってことは、性格もいいはず」

「ここにいる男たちと違ってミステリアスで素敵かも～」

「常識人っぽいし顔もいい。あり。全然あり！」


俺には聞こえてないと思っているのだろうけど、口の動きで全部「聞こえてる」。

(((結婚相手の候補にしたい)))


って思っているかはどうかともかく、そういった熱量が波動となってビシビシと伝わってくる。

クイールの中は四五のおっさんだ。

外見はただの変装……騙《だま》して申し訳ない。

そもそも王国騎士とは、王都の守備と治安維持、あとは王家の護衛が任務となるため、普通の騎士団とは一線を画す。

エミリアのように実力や人間性を考慮して採用される在野の剣士のパターンと、他には、由緒正しい騎士家系の出身者のパターンのだいたい二通り。

一般的なのは後者で、彼、彼女らは幼少期から鍛錬を積んでおり、実力、家柄、人格三拍子揃《そろ》った低級貴族であることが多い。

なので、彼女らからすると、結婚相手を見つけて子供をもうけるというのも、騎士の職務とはまた違った重要事項だった。

「今日から武術稽古する班は、クイールの指導を受けてちょうだい。その他はいつも通りよ」

エミリアの一声で、騎士たちがキビキビと動きはじめる。

「じゃあクイール、稽古のほう、お願いね」

「はい。その前に、ジェレミアさんのところに伺います」

「気にしないでいいのに、律儀《りちぎ》なのね。好きにしたらいいわ」

それじゃあ、とエミリアは側近らしき騎士を引き連れて去っていく。

残った二〇名が今日俺が指導する騎士たちのようだ。女性も四人いる。

遠ざかるエミリアを見送る騎士がぽつりと漏らした。

「今日もエミちゃん可愛《かわい》いなぁ」

「わかる。推せるよな」

「けど、エミちゃん顔で損してると思わん？」

顔で損？　得ではないのか。

「ああ、あの説な。エミちゃんが可愛すぎるから」

「そう。エコヒイキで騎士団長になったっていうアレ」

「そんなわけねえのに。実際の実力はバッチバチでヤバいのに」

「順当に、騎士団長になって当然の子なんだよな」

なるほど。そういう見方があるのか。

エミリアの地位は実力や実績によるものではなく、顔の良さも査定に含まれていると外野は思いがちだが、実際はそんなことはなく、正当な評価であることを外野は理解できない。

だから、顔で損している、と。

「部下からの評価も高い、と」

嫉妬されたり、疎《うと》まれているわけではなくて良かった。

稽古班は先に練兵場に行ってもらい、俺はジェレミアの部屋を訪ねた。

「クイールです。お時間よろしいですか」

幸いにもジェレミアは室内にいたようで、「どうぞ」と返ってきた。

「失礼します。……昨日は、すみませんでした。本当に怪我をさせるつもりはなく……」

俺は入ると同時に、単刀直入に切り出して頭を下げて謝った。

「――いやいやいや、稽古中に多少打撲することは珍しくない。私もあなたのような腕前の方にずいぶん無礼な態度だった。こちらこそ謝らせてほしい」

人望があるのも納得な対応だった。

ジェレミアは好感のもてる男のようだ。

「クイールさん、あなた、剣士じゃないでしょう」

「そうです」

さすがにわかったようだ。

俺は証拠を示すように両手の平をジェレミアに見せる。剣ダコのようなものは何もなく、つるりとした俺の手。

「……なるほど。合点《がてん》がいきました。剣士であれば、私もある程度の出方は想定できますが、対峙《たいじ》してみて何もわからなかった。本当に、何をされるのかまったく見えず、動けなかった」

「剣士ではありませんが、剣はそれなりに使えますので安心してください」

「ははは。剣士であることと剣の腕前が物凄《すご》いことは、常にイコールではないのは、承知しています」

「それならよかった。正式に武術師範となったので、これからはジェレミアさんにもご指導差し上げることにもなるかと思います」

「稽古は、手加減なく全力でお願いします」

バレていたか。

「昨日の立ち合いは、手心を加えられたのだとわかりました。非常に悔しかった……。だが、それだけの差があった」

「鍛錬すれば埋められますよ。きちんと話してみて、あなたのような方が副長だと知れてよかったです」

本心からの言葉だった。

彼であれば、エミリアをよく支えてくれるだろう。あくまでも騎士団副長として。

公私ともに支えになっていい、とかそういう意味では決してない。

「何もわからないまま負けてしまった、というのが率直な感想です」

「それが信条なので」

「というと？」

「おっしゃるように剣士ではないので、戦闘スタイルも手の内も明かすことなく、一瞬で事をなす。

『そういう戦い方が一番』という思想の武芸と言っておきましょう」

暗殺由来の武芸なんて、お堅い騎士に理解してもらえるとは思えず、遠回しな言い方になってしまった。

案の定ジェレミアは「なるほど……？」とわかったようなわからないような反応をしている。

「それでは」

俺が出ていこうとすると、まだ聞きたいことがあったらしく、引き留められた。

「あの、クイールさん。剣を見せてもらってもいいですか」

「あーははは……いいですよ」

苦笑いして、俺は剣を鞘《さや》ごとジェレミアに渡す。

「……」

持った感触を確かめるジェレミアは、不審げに眉間に皺を作っている。

「あの、これって……。抜いても?」

「はい。構いません」

許可すると、ジェレミアは遠慮なく剣を抜く。

「なんだ、これは……変な剣だというのは感じていたが」

ジェレミアの手には、柄よりも短い木剣が握られていた。

刃渡りは俺が手を広げたくらいの長さで、鞘の長さに不釣り合いな短剣だった。

普通、剣と鞘がセットで売られているが、これは別でそれぞれ買ったもの。バラ売りだったのでとても安かった。

「この剣……これで私は……」

ジェレミアは服の上から、俺が打ち込んだ胸元から脇腹にかけてなぞった。

「剣なんてなんでもいいんで」

「お、おかしい！　剣があれじゃあ……。ではこの傷は⁉」

服を脱いでジェレミアは痕を見せた。

彼がさっきなぞったように、脇のあたりから対角線に酷《ひど》い青あざができている。

「すみません。稽古班を練兵場で待たせているので。またあとで」

そう言って俺は部屋をあとにした。

エミリア

騎士団長の仕事は多忙を極める。

執務室こと自室にこもったエミリアは、秘書官が持ってきた書類に目を通し、サインを一枚、また一枚と書いていく。

先生のように強くなりたいと思い、この王国騎士団の門を叩《たた》いたが、神童だの天才だのと褒め称《たた》えられ、いつの間にか団長になっていた。

それ自体は大変名誉なことで嬉しく思ったが、実務の大半は執務室でできることが多く、稽古も巡回も部下に任せっぱなしとなっていた。

「本末転倒よね……」

誰にも聞こえないからと、エミリアは独り言をつぶやく。

一番面倒なことは、貴族の使いがここを訪ねてきては、「我が主がお呼びでございます」などと言って誘ってくることだった。

仕事中などお構いなしに、四六時中だ。

「私は、あんたたちに構ってるほど暇じゃないのよ！」――と言うことはできず、丁重に遠回しに断りの文句を並べて使いを追い返す日々が続いている。

就任してから三か月が経《た》とうとしているが、昇格して良かったことは何もない。書類仕事が多いこと、剣の稽古や指導ができないことはまだいいが、貴族からのお茶や食事の誘いは、精神的に参ってしまう。

「私は、ただ強くなりたいだけなのに」

最年少騎士団長――その肩書きは、貴族たちにはずいぶん「うま味」があるらしい。

唯一良かったことといえば、ホームの先生が昇格を喜んでくれたことだろうか。

「本当は、もう辞めてもいいのだけれど」

退団したら流浪《るろう》の剣士として諸国を旅したい。だが、そんなことをすれば、あんなに喜んでくれた先生を裏切ってしまうような気がした。

コンコン、と控えめなノックが聞こえ、エミリアはため息をつく。

「また来たのね……」

ノックのやり方で、部下か貴族の使いかわかるようになってしまった自分が悲しい。

予想通り扉の外には老執事が立っており、夜七時に夕食会を開くので～という冒頭を聞くとみなまで言わせず、断り文句を告げて追い返す。

「まったく。貴族って、恋愛に奔放よね？　積極的というか開放的というか。暇なのかしら」

貴族には貴族の因習や義務があることは理解しているが、毎日こんな様子では、はかどる仕事もはかどらない。

「えっ――マクシリオン様の食事会に招待されたの――!?　伯爵家の!?」

「うん。変な噂《うわさ》聞かないし行ってみようかなって」

なんて会話が窓の外から聞こえてくる。

「いいなぁ～～。こっち五人揃えるから、マクシリオン様のほうもお友達の貴族五人揃えて夜会できないかしら」

「聞いてみる！」

「ナイス！　持つべきは友だね！」

ちらりと覗くと、見知った顔の女性騎士がきゃっきゃとしゃべっている。

二人ともエミリアの部下の子で、年は二〇を少し過ぎたあたりだったはず。

異性に積極的なのは、何も男性貴族だけではないのだ。

地方から王都に出てきた下級貴族の子女からすれば、王都に居を構える貴族と結ばれることは、理想の未来像といえた。

女性が多いとこの手の話は尽きることがなく、独自の情報網まで発達している。

『あの人素敵、好き』『顔だけはいい』『イケメンで性格良いのにワキガはマジ無理』『あの貴族イケメンクズ』『中流貴族はお金微妙』『大貴族でもオッサン過ぎたら無理』『加齢臭エグい』『顔のテカりが生理的に無理、しんどい』

こんなふうに情報交換が日夜行われている。彼女らも誰でもいいわけではなく、それぞれの理想を求めていた。

当然、剣の道に身をおいて邁進《まいしん》しようなどという女性騎士は珍しく「職務を全《まっと》うできる腕前でさえあればいい」という考えを持つ部下ばかりだ。従って、交流戦への意欲も低く、第三騎士団の名誉など彼女らからすればどうでもいいことだった。

交流戦が迫っているというのに、武芸の相談なんてしている騎士はほとんどいない。結婚願望がまだなく、剣にすべて捧《ささ》げようというエミリアとは、すべて逆なのだ。

「私が変なのかしら」

誘いを断り続けているエミリアと誰かしら貴族と接点を持ちたがる部下の彼女たち。

相対的に見て、エミリアは浮いていた。

「……いいえ、そんなはずないわ。お父さんみたいに強くなるって大変なことだし、人生を懸ける価値があると思うもの」

一人きりだと独り言が捗るエミリアだった。

女性騎士二人の声が遠ざかり、しばらく仕事に没頭していると、外が薄暗くなっていることに気づく。

うん、と伸びをして、首をコキコキと鳴らした。

「今日は少し稽古できそうね」

練兵場のほうに目をやると、まだクイールと稽古班は武術訓練らしきものをしているのが見える。

「どんな内容なのか気になるわ。視察ついでに私も――、うん？」

目をすがめてエミリアは練兵場を注視する。

稽古班の人数は、約二〇人ほどのはず。

だが……。

「やけに多いわね？」

倍以上いるように見えるのは、暗がりで見間違えているというわけではないだろう。

じっとそのまま見つめていると、稽古を受けている八割が女性騎士だった。

「えっ、本当に？　ど、どういうこと？　クイールが武術師範になっただけなのに。こんな効果があるなんてすごいわ！　あんなに意識が低かったのに！」

エミリアは思わず窓枠から身を乗り出して、声を上げた。

「みんな、ついに危機感を持ってくれたんだわ！　一体どんな手を……!?」

武術に関して熱意を持って取り組む女性騎士はおらず、それがエミリアの悩みの種。

「第三騎士団はチャラついていて頼りない」とバカにされる原因ともなっていた。

それが、クイールを師範にしたら、一日で解決した。

愛用している木剣を持って、心が軽くなったエミリアも練兵場に向かった。

「みんな、頑張って――る……？」

エミリアが練兵場の様子を見て首をかしげた。

「木剣はきちんと握ってください。しっかりと」

「こう、ですか……？」

「いえ。もっとぎゅっと」

「こう、ですか？」

練兵場の入口でクイールの指導を目《ま》の当たりにしたエミリアは、足を止めてがっくりと肩を落とした。

指導しているのは確かだが、初歩的なことを聞いていた。親切なクイールは、指導中の彼女の後ろに回って、木剣を握らせて「こういう感じです」と真面目に教えている。

だが、その彼女はというと、

「細身だけど、がっしりしてる……細マッチョ系？　どうしよう。すっごくイイ」

目をハートにしてうっとりしていた。

「何してるのよ……！」

そもそも剣の握り方なんて、教わらなくてもわかるだろう。

「王国騎士の名が泣いているわ！」

わなわなとエミリアは震える。

「クイール先生！　こっちもお願いしま～す」

「あ、はい。今すぐ」

クイールも真面目なので、彼女らの質問や要望には全力で応えようとしている。さっきのように剣の握りを教えたり、構えがわからないとあちこち触らせたり、無駄に距離が近かったり。

一番人気の指導は、後ろから抱きしめられるように剣の握りを教わることだった。

なんてことはない。

クイール目当ての女性騎士がただ集まっているだけだった。

「ちょっとでも喜んだ私がバカだったわ」

誰も団長がやってきたことに気づく者はおらず、みんなクイールに夢中だった。

きゃっきゃと黄色い声を上げて、とぉーってても楽しそうだ。

ピキピキ、ときたエミリアが、すうう、と息を吸って思いきり大声を出した。


「稽古を!!!! なんだと思ってるの!!!!」


ビリリリリ、と空気を震わせるほどの大音量に、びくっとした女性騎士たちは、エミリアがいることにようやく気づき、ビシッと踵《きびす》を揃えて直立する。

「エミリア団長、お疲れ様です!」

「お疲れ様です、じゃないわよ。稽古のやる気がないなら帰りなさい! クイールも、バカみたいに真面目に教えなくてもいいのよ? 握り方だなんて……この子たちは、王国騎士として審査をパスした腕がある子たちなの。わからないなんて、見え透いた嘘よ」

叱責から逃れようと、そろりそろり、と女性騎士たちは練兵場から出ていく。

「真面目に稽古に励んでると思ったら」

もう、と不満を漏らすエミリア。対して、クイールはあっけらかんと言う。

「ある程度の腕があることはわかっていましたよ」

「え? じゃあ、どうしてあんな初歩的なことを教えていたの?」

「それが、エミリアさんのためにもなると思ったので」

「私の……ため?」

はい、とクイールは自信を持ってうなずく。

どういうことなのだろう、とエミリアは訝《いぶか》しむ。

「王国騎士は下級貴族の子弟が多いんでしたっけ」

「ええ。だからあの子たちは、結婚相手の候補も探しているの。騎士であると同時に年頃の女性でもあるから、迷惑ならきっぱりとノーだと言ってあげてちょうだい」

「けれど、稽古にやる気を出してくれるのであれば、それが一番だと思います」

一理あるな、と納得してしまうエミリア。

「それもそうね」

今日集まった全員のやる気を損なうようなことをクイールが言えば、なおさら稽古に身が入らなくなる可能性がある。そうなるくらいなら、まだ泳がしてくれるほうがいいのかもしれない。

「クイールは、女性の扱いに慣れているのね?」

「それなりですよ。もうイイ年なので」

少し年上のお兄さんといった風情《ふぜい》のクイール。騎士団にいる男性ともエミリアが知っている貴族とも雰囲気が違っている。

そういうところが第三騎士団の女性騎士に好評なのだろう。自分で連れてきたとはいえ、まったく謎の人物だった。

「まあ、この顔はウケがいいというのは知ってたからな」

「え？」

「なんでもありません。エミリアさんは稽古しに来たのでは」

「あ――そうだった。よければ素振りを見てくれる？」

「もちろん」

最初は素振りを見てくれるというので、一度振ってみせると、

「贅肉《ぜいにく》がついているせいで、やや鈍いですね」

「うっ、うるさぁーい！　座り仕事が多いから、運動量が減っちゃってるだけ！」

「なのに以前通りの食事をしているから太る、と」

「そんな直接的な表現しないでっ」

「失礼」

「ほんっっっとうに失礼ね」

くつくつ、とクイールは肩を揺らして楽しげに笑う。

「どうぞ。続けてください」

「贅肉以外の部分の指摘をちょうだい」

ムカムカしていたエミリアだが、精神を統一し無心で剣を振り下ろす。振り抜いた感触もないくらい、その一振りは全身で振れた感覚があった。

今のは手応えがあった――。

エミリアは息を吐いて、再び精神統一する。

「いいですね、さっきのをもう一度」

「言われなくてもやるわよ」

先ほどの一閃《いっせん》が一八歳にしてできるエミリア。若輩が王国騎士の神童と呼ばれる最大の特徴だった。

「ふっ」

再び同じ感覚を求めて木剣を振る。すると、すぐクイールに声をかけられた。

「今強く振ろうと意識しましたね。出てますよ。さっきと全然違う」

「わ、わかるのね」

「はい。先ほどの振りをいつでもできるようになれば、王国最強と呼んでもいいでしょう」

「それができたら、あなたに勝てる?」

「得物を剣に限定するという条件なら勝てるでしょうね」

クイールは、剣が得意というわけではない……?

「……」

絶句するしかない。

「そんな人、お父さん以外にもいるのね……」

ゲホゲホ、とクイールがせき込んだ。

「大丈夫?」

「え、ええ。気にしないでください。今日の指導は終わったので私はアガリます。それでは」

微笑してクイールは出口のほうへスタスタと去っていく。

「素振り、また見てね！　時間があったら立ち合ってちょうだい」

立ち止まって小さく会釈《えしゃく》したクイールは、「おやすみなさい。星々の導きがあらんことを」と祈りの言葉を告げて暗がりに姿を消した。

7 意識の変化

王国騎士団の朝は、普段俺が起きている時間よりもゆっくりだった。

起床の鐘が鳴るまで寝てていいそうだが、陽《ひ》が出る前に教会の掃除をしたり、祈りを捧《ささ》げていたりする俺からすると、なんだか寝坊した気分になる。

気合いの入った騎士は、練兵場で朝から稽古を積んだり、そうでなければ食堂で朝食を取ったり、朝の集会まで自由だった。

朝礼ではエミリア付きの秘書官らしき騎士が伝達事項を伝えたり、一日の流れを確認し解散。それぞれの仕事に出かける。

武術師範の俺は、稽古場である練兵場に向かい、今日の稽古班を待ち、さっそく指導していった。

昨日の班もそうだが、基礎はしっかりしているが遊びがないというべきか、幼少から剣術を叩《たた》きこまれたことがわかる。

みんな、真面目で真《ま》っ直《す》ぐな剣だった。

それは騎士として美徳なのかもしれないが、太刀筋が読みやすく、ゆえに非常に対応しやすいという欠点があった。

二〇人ほどの素振りを見て回り、細かいところを指摘しアドバイスしていく。

motosaikyou ansatsusya ha inaka de hissori shinpu ni naru

「ありがとうございます！　直してみます！」

「先生！　さっきの体重移動の件なんですが」

昨日も思ったが、男女問わず熱心に質問するし、素直に修正しようとする。とくに女性騎士。目の色が違う。

「先生は休みの日、何してるんですか」

「ええっと『近所』の子供たちと遊んだり、とか」

「子供好きなんですね！　ポイント高いわ……」

「せ、先生！　筋肉質な女性はどう思いますか？」

「引き締まってて素敵だと思いますよ」

何人かが見えないように（見えているが）ガッツポーズをした。

「仕官は考えておられないのですか？」

「田舎で暮らすことへの抵抗は⁉」

「あ。クッキー昨日たくさん焼いちゃってー、よかったらあとで先生もいかがですか？」

「こ、子供は何人くらいほしいですか……⁉」

剣術や武術の話を入り口に、私的な質問や要望がどんどん飛んでくるので、ひとつずつ答えていった。

「士官は、お話があれば是非。田舎で長く暮らしているので、抵抗どころか慣れていますよ。クッキー、あとでください。子供は、たくさんいたらいいですね」

色めきたつ女性騎士たち。エミリアのためとはいえ、弄《もてあそ》んでいるようで申し訳なくなってくる。

だが、これもエミリアや当人たちのためだ。

稽古が終わる頃には、「稽古日以外でも教えたことを守ってきちんと鍛錬するように」と言い添えて、一日を締めくくった。


武術師範として一か月が経過したころ。

稽古を担当した騎士たちの振りが目に見えて鋭くなった。基礎がしっかりできていたおかげだろう。

とくに女性騎士。俺基準ではイマイチな腕だった子でも、以前と今で雲泥《うんでい》の差があった。たった一か月でだ。

「クイールが稽古を監督するようになって、武芸に対する意識が高まっている気がするわ」

「だといいのですが」

「交流戦も期待できそうね」

「まだ師範になって一か月ですよ。期待しすぎです」

俺は特別何かをしたわけではない。

強いて言うなら競争心を煽《あお》ったくらいだろうか。

「真面目に仕事に打ち込める人が好き」そんなふうに女性騎士たちに伝えると、彼女たちの目の色が変わったのだ。

変わったのはそれだけではなく、ありがたいことに俺のようなオッサン（見た目は二〇代だが）の気を引くため、美容やファッションにも気を使うようになったのだ。

王都の騎士といえば、大半は地方出身者で、美的センスも地元のそれを引きずったままであることが多い。

簡単にいえば、ダサいのである。

それを問題とも思わず、王国騎士という名誉ある看板にあぐらをかいて、堂々と野暮ったい恰好《かっこう》で街を闊歩《かっぽ》するのが私服の彼らだった。

それが激変していた。

一番わかりやすい変化といえばそこで、寮の中を歩いていても、すれ違う女性騎士は、花の香りがするようになっていた。ちょっと前まで砂埃《すなぼこり》っぽかったのに。

「先生。先日の稽古のことでわからないことがあったので、よければ、今晩ご指導いただけませんか？」

こんなふうに、抜け駆け？　で俺を誘うやり手な子もいた。

うら若き乙女にこうしてお誘いいただくのは、非常に名誉なことだ。けど、中身はオッサンであると知らない彼女たちを騙《だま》しているので、こういった個人的な誘いはすべて断ることにしていた。

俺の目的は、剣の腕と自分磨きをさせること。

小娘をつまみ食いすることじゃあ、決してない。

それに、地元から送り出した親御さんの気持ちを考えると、簡単に手は出せないものである。

俺もそっち側の気持ちがわかるから。

「ずいぶんとおモテになるようね」

寮の廊下の向こうから、ちょうどエミリアが歩いてくる途中だった。

「光栄です。王国騎士の方々にいろんなお誘いいただいて」

「私の稽古は、全然見てくれないのに」

エミリアが拗《す》ねていた。

この子は……色恋よりも剣のことなんだな。

安心すると同時に、大丈夫なのだろうかとちょっと心配にもなる。

「順番です。エミリアさんだけ特別扱いできませんから」

「公平ね。そういうところが人気なのかしら」

「一緒に稽古をする友人はいないのですか？」

さりげなく友達の有無を確認してみる。

「いないわよ。張り合えるのは騎士団長クラスの方だし、でもみんな忙しいからよっぽどタイミングが合わないと、ね」

「いないのかぁ……」

心配だ。

秘書官と仲良くなったりしないのだろうか。

「それは置いといて。みんなの武芸に対する意識が向上している。指導はまともだし、今まで以上に着々と力がついてきているのを感じるわ」

「それは良かったです」

「反面、あなたの気を引こうとみんな必死よ。着飾ったりいいにおいの香水を使ったり、あの手この手じゃない」

よく見てるな。全体を管理する必要がある騎士団長としての視野といったところか。

「いい傾向です」

「どこが。余計にチャラついているって余所《よそ》の騎士団にバカにされたり、街の人たちにイロモノ扱いされているのよ？」

「真に実力があれば、雑音はすぐに遠ざかります」

「そうかもしれないけれど……。まあ、やる気を引き出せているのなら、細かいことは言わないでおくわ」

エミリアが何気なく窓の外を見て変な声を出した。

「げ」

「どうかしました？」

「寮に近づいてきているあの老執事、見える？　何家だったかしら……貴族の」

「あれは、ロッテンハイム家のジイやですね」

「よく知っているのね」

「古株はだいたい頭に入ってますので」

「貴族にも詳しいの……？　あそこの貴族、いつも私を食事会に誘ってくるから、今回もきっとそうよ」

うへえ、と唇を曲げて、エミリアは嫌そうな顔をする。

老執事は、主《あるじ》からの書状を持っており、そのまま中に入ってきた。

「ええっと、ええっとぉ～」

眼鏡を上げ下げして、手元のメモらしきものを見て、きょろきょろとあたりを見回している。

「あの、私に御用なのではないですか？」

見かねてエミリアが言うと、老執事は柔和な笑みを浮かべた。

「ああ、ご機嫌麗《うるわ》しゅう、エミリア騎士団長様。今日はいつもとは別件でして……ちょうどよかった。ユン様は、今どちらにいらっしゃるのでしょう？」

ユン……確か、お菓子作りが好きな北部出身の女性騎士だ。背が低く純朴そうな子で、彼女もまた最近垢抜《あかぬ》けた一人だった。

作ってくれたクッキーがとても美味《おい》しかったので印象に残っている。

「ユン？　彼女は三班だから、今は王都城内の西地区を巡回中のはずです。彼女がどうかしましたか？」

「お手紙を渡すようにと主から仰《おお》せつかっておりまして。お部屋がわかればそれでも構わないのですが」

「でしたら私が預かりましょうか？　あとで渡しておきます」

「ありがとうございます。ではお願いいたします」

老執事は丁寧にお礼を言うと、エミリアに手紙を渡した。手紙は、丸められた紙に封蠟《ふうろう》がしてあった。

老執事が去ると、エミリアが首をかしげた。

「私以外に用があるなんて、たぶんはじめてじゃないかしら」

もしや、と俺は予感があった。

悪いと思いつつ、筒状になっている手紙の中を覗《のぞ》いてみる。

「あ。こら！　何見てるのよ！」

中を見せまいとエミリアは俺から手紙を遠ざけるが、もう冒頭部分は読んでいた。

「食事かデートのお誘いのようですよ」

「え？」

「『清廉なる騎士ユンへ。君を見かけてから、私に恋という気持ちが芽生えてしまったようだ。よければ次の休日に一緒に――』だそうです」

「良かったぁ。私じゃなかったのね」

「エミリアさんは諦めたんでしょう」

ロッテンハイムは伯爵家。田舎出身の下級貴族からすれば、都会の大貴族といえる。

「あ。あの子……」

また何かを見つけたエミリア。

「首元にスカーフなんて巻いて……！」

「ダメなんですか？」

「ダメじゃないけど……浮ついているように見えるじゃない」

「仕事をきちんとしていれば、それでいいと思いますが」

「う、うるさぁーい！　総長にああだこうだ言われるの、私なんだから！」

むむう、とエミリアは不満げに顔をしかめていたが、すぐに俺の意見に一理あると認めたのか
「ちょっとだけなら、まあ許してあげるわ」と譲歩したエ様子だった。


このあたりから、女性騎士たちの間で、美容とファッション革命が起きた。

それぞれが化粧を覚え、肌と髪の毛に気を遣うようになり、休日は流行《はや》りの服屋を覗くようになり、意識が大幅に変化していた。

女性騎士同士の情報網の中身は、貴族の話題より、可愛《かわい》い、綺麗《きれい》に関する話題が増えていった。

しばらくすると、貴族からお声がかかる女性騎士も増えていった。

「クイール先生、わたし、どうしたら……先生を想《おも》う気持ちは確かにあるのだけれど、この前夜会にお誘いくださった伯爵様が、熱烈にわたしのことを求めてくださって……」

「伯爵様も私も、あなたの自己研鑽《けんさん》をとても喜んでいます。剣の腕と女を磨くことをやめないでく

ださい」

「はいっ」

こんなふうに、クイールへの気持ちと憧れの都会貴族のアプローチに揺れる子もいた。

今まで気を遣っていなかっただけで、美貌に関する伸びしろは十分あった女性騎士が多く、その変貌ぶりに貴族たちが目を奪われていったのだった。

おそらく、元々エミリアがお誘いを完全拒否していたのもあるだろう。エミリアを諦めた男たちがその部下に目をつけはじめたのだ。

エミリアは貴族の誘いがなくなり、自分磨きを努力した女性騎士は報われ美貌実力ともに充実していき、誘った貴族も断られることもない——。

思惑通りの展開に、俺は内心手応えを感じていた。


そして、交流戦が来週に迫る頃。

稽古中、女性騎士たちには失恋などして自暴自棄になってもらっても困るので、

「腕を上げれば上げるほど、魅力的になっていきます」

「今の一撃、素敵でした」

性格をおおよそ把握したら、こんなふうに褒め殺すようなことを言った。

「やる気がないなら、稽古はこれで終わりにしましょう」

「武芸をナメてますね？」

などと突き放すようなことを言ったりもした。彼、彼女らは、褒め殺されたり、反骨心を刺激されたりして、よりやる気になってくれたのだった。

稽古の様子を見ていたジェレミアが話しかけてきた。

「クイール先生、私の部下が、手強《てごわ》くなっているような気がするのですが……どんな手を使ったのですか」

「みんな、ジェレミアさんよりも実力があって、魅力的なんですよ、と。いわゆる暗示です」

「む？　部下が、私より、ですか」

「はい。追い越してしまいます」

「私を？　ふ、ふざけるな……！　そんなはずはないッッ」

「と、思うでしょう？　うかうかしてられませんよ、副長」

「くそぉぉぉぉ！」

真面目でプライドが高いジェレミアは、俺の発言で一層稽古に励んだ。

数多《あまた》の標的を消してきた俺は、いろんな性格をプロファイリングしていた。殺す前に標的のことを深く知っておく必要があったからだ。

どういうことをすれば喜び、怒り、悲しむのか――。

その経験が役に立った。

騎士たちの性格を把握し、やる気を引き出すにはどうしたらいいのか、個別に対応することができた。

「いよいよ明日ね」

一日が終わり、食堂で夕飯を食べていると、エミリアが斜め向かいに座った。

山盛りのパンに厚切りのステーキ肉。付け合わせのマッシュポテトもこれでもかという量だった。

「食べすぎは体によくないですよ」

「う、うるさぁーい！　仕事してたらお腹《なか》すくんだから！」

「部屋が隣なので聞こえるのですが、最近は事務仕事も捗っているようですね」

「え？」

そこでようやく自覚したのか、エミリアは「そういえば」と視線を宙にやった。

「貴族様たちのお誘いが減ったからかしら。全然来なくなったもの」

「何よりです」

よしよし。貴族なんてどうせ『最年少で騎士団長になった美少女をつまみ食いしてやろう』としか考えてないのだ。

エミリアに魔の手が伸びなくなって一安心できる。

「その分、部下の子たちが目をつけられているみたいだけれど、それをあの子たちも喜んでいるみたいだし、結果的に良かったわ」

武術師範としてもそうだし、俺の本来の目的は十分達成されたと思っていいだろう。

「明日の交流戦、観戦に訪れる貴族様もいるの。きっといいところ見せたいから、はりきると思うわ」

もぐもぐ、とエミリアはパンを頬張り、ステーキを口に放り込んでいく。

女性としてどうかと思うが、食事を一緒にした貴族には幻滅されるだろうから、変な気を回す必要なかったかもしれないな。

ふと、エミリアのポケットから見慣れた布切れが出ていることに気づく。あれは、俺が魔除《まよ》け用にあげたパンツだ。長年穿《は》き続けた俺が言うんだから間違いない。

「エミリアさん、それって」

「え？　あ――!?　えっと、あはは……」

焦《あせ》って布切れをポケットに押し込んだエミリアは、誤魔化すように笑った。

「えっと……お守りなの。お父さんがくれたもので、肌身離さず持ってるの」

お――思ってた使い方じゃない。

けど、まあ、いいか。

男を遠ざけることができたわけだし。

「明日の交流戦は、他の騎士団も真剣だから、上手《うま》くはいかないでしょうけれど、あなたが指導してくれたおかげで、強くなったわ。ありがとう」

「結果を楽しみにしておきます」

食べ終わった俺は、トレーを持って席を立った。

「もしよかったら――」

何か続けようとしたエミリアに小さく微笑《ほほえ》んで、首を振った。

エミリア

クイールを武術師範として招き、二か月ほど稽古をみてもらった結果。

第三騎士団の進歩は著しく、交流戦では、無敗の快挙を成し遂げた。

これは団長のエミリアも非常に鼻が高かった。

交流戦後、騎士団本部での主だった者たちが出席した懇親会では、話題は第三騎士団のことで持ちきりだった。

「第三騎士団、前回とは見違えたぞ」

「今回も最下位だと思ったのに」

「武術師範を別で連れてきたらしい」

「普通その程度では強くはならんよ」

「一体どんな手を使ったんだ?」

懇親会の立食パーティーでは、エミリアを気持ち良くさせるひそひそ声が聞こえてきた。

意識の低い女性騎士たちにやる気を出させ、指導を続けたクイールの功績が一番大きい。

団内では「ジェレミアを一瞬で負かすほどの師範」を連れてきたエミリアの慧眼《けいがん》が褒め称《たた》えられた。

「エミリア。今回の交流戦見事だった。新たに任用した武術師範がいるそうだな?」

総長に話しかけられ、ビシッとエミリアは背を正した。

大柄の総長は、短く刈り込んだ白髪頭で、顎と口髭《くちひげ》も白い。対照的に日に焼けた赤胴《しゃくどう》色の肌をしていた。

「ありがとうございます。クイールという男に頼み、師範をしてもらっております」

「ジェレミアを負かすほどの腕前だそうだな」

「ご存じでしたか。はい。底の知れない強さを持っている男でして……指導が非常に巧みで、騎士たちにやる気を出させる指導法が、覿面《てきめん》でした」

ほほう、と低い声で感心する総長。

「面白い男だな」

「はい。これまでは旅をしていたそうです」

「そんな男が旅をしているだけとはな。仕官の気があるなら、第三騎士団付きではなく、王国騎士団付きの特別武術師範に登用しても構わん」

「ほ、本気ですか？　力のある男だとは思いますが、王国騎士団全体となれば……」

相応の地位となる。

騎士団の縦割り組織とは別の役職であり、系列こそ違うが総長直属という扱いになる。

「エミリアが目をかけた男だ。ワシも気になる。今度会わせてくれ」

「わかりました」

「それと今は騎士団ごとの寮で生活してもらっているが、女性騎士だけの寮を作ることにした」

「あ、そうなのですか」

あまり気にしたことがなかったエミリアは、ぽかんとするばかりだった。

「とある筋から『よろしくない』という意見が出てな。『体質が古い』と」

「はあ……とある、筋、ですか」

王国騎士団総長に意見でき、なおかつそれを聞かせることができるとなると、相当の権力や地位がなければできないことだ。

エミリアは、その存在を思い浮かべたが、もやもやとして想像できず、きっと偉い人なのだろうという結論に至り思索をやめた。

懇親会がお開きとなり、参加していたジェレミアとともに寮へ向かう。

きっとまだ祝勝会が続いているだろう。クイールもその輪の中に入っているはずだ。

彼が来てから、女性騎士がやる気を出し、化粧をするようになり、オシャレに気を遣い、クイールの言いつけをきちんと聞いて、稽古も仕事も熱心に打ち込むようになった。

見た目や意識だけではなく、きちんと強くなっていた。

連れてきておいて、まだ彼が何者なのか、まったくの謎だった。

クイールが総長に目をかけられたという話からはじまると、ジェレミアは真面目な顔をした。

「考えすぎかもしれませんが、すべてクイール先生の深謀遠慮なのでは、と私は思っております」

「え？　どういうこと？」

「先生は、非常にモテてらっしゃいました。誰も袖にすることなく、常に彼女らにやる気を出させ、自分磨きをさせ、恋に仕事に私生活に、全力で打ち込むことをモットーに、指導を続けていました」

「そういう指導だったわね」

「はい。クイール先生が来てから、女性騎士たちが非常にイキイキとした表情になり、見た目などが魅力的になったと思いませんか？　端的に言うと綺麗になったのです」

「それは、彼に気に入られたいからでしょう？」

「はい。しかし、そうだと知らない異性からすれば、見かけたときに『おや？』となるものです」

「何が言いたいの？」

「先生ご自身がエサとなり、彼女らのやる気や魅力を最大限引き出した。熱心な指導と先生に良いところを見せたい彼女らの熱意が、腕を上げさせた。その結果、交流戦無敗の快挙。そして、エミリア団長一極集中していたお誘いが分散」


そこまで説明され、ようやくエミリアはすべてが繋《つな》がった。

彼の良い影響が自分にも作用している。

書類仕事が夜遅くなることもなく、空いた時間は剣の鍛錬に充《あ》てられている。何の不満もなく、稽古に取り組めて、非常に毎日が充実している気がする。

貴族からの誘いがなくなったことが大きい。

精神的な負担が大幅に減って、迂遠《うえん》な言い訳を考えどうにか使いを追い返す……そんなことに時間を割く必要がなくなった。

自分が懸念していたことは、すべて払拭《ふしょく》されていた。

「買い被《かぶ》りすぎじゃないかしら」

「クイール先生のことです。私はあり得ると思っています」

それだけで妙な説得力があるのは、彼の能力がまだ底知れないからだろうか。

寮に戻ると、食堂ではまだ祝勝会が続いており、みんな陽気に酒を呑《の》み、食事と会話を楽しんでいた。

交流戦の結果と騎士団全体の武術師範の話をしようと、エミリアはクイールを探したが、その姿はもうどこにもなかった。

8 剣士クイールの功績

俺がエミリアの下を去って一週間後のことだった。

礼拝者の話を聞いていると、開け放たれた扉の向こうにエミリアの姿が見えた。

まさかとは思うが、クイールが俺だってわかってたんじゃ……。

取り込み中だからと遠慮しているらしく、エミリアは話が終わるのを待つようだ。

「ザック神父――親友のライアンの嫁さんとヤっちまった。夫婦仲の相談に乗るうちに、流れで……。俺ぁライアンにどんな顔したらいいんだ……教えてくれ、ザック神父」

「過《あやま》ちは誰にでもあることです」

俺は柔和な笑みのまま続ける。

「打ち明けて審判を委ねることもできますし、真相を伏せたままなかったことにすることもできるでしょう。それでもここに来て打ち明けるということは、彼に対してのバツの悪さ……罪悪感を覚えているからです」

「確かに……」

「誰に罰してほしいですか？　彼ですか？　神ですか？」

無言になった男は、深刻そうな顔つきで何度かうなずいた。

「そんな考え方もあるんだな。ありがとう、ザック神父」

「いえいえ」

「俺ぁ、やっぱりあいつに打ち明けて縁を切られる覚悟で頭を下げるよ」

そう言って礼拝者の男は、去っていった。

入れ替わりにエミリアが中に入ってくる。

「男ってなんであんなにスケベなのかしら。親友の奥さんだなんて」

「立ち聞きとはいただけないな」

「聞こえちゃったんだから仕方ないじゃない。教会って声が響くのよ。他言しないから安心して」

さっきの礼拝者に言うように、振り返って言った。

「先生に聞いてほしいことがあって」

ベンチに腰を落ち着けると、エミリアは改まった態度を取る。

エミリアが悩んでいることは、すべて解決したはず。

周囲から評判のよくない第三騎士団を強化し、とくに女性騎士の武芸とファッションと美容のやる気を引き出すことで、魅力的になってもらった。結果、エミリアに集中していた貴族の興味関心が他の女性騎士に分散。悩んでいた貴族の対応も激減した。

交流戦の結果は、風の噂《うわさ》で耳に挟んだ。

「で、今日はどうしたんだ?」

俺は平静を装《よそお》いながら、エミリアに尋ねる。

やっぱり、クイールが俺だってバレたんじゃ。

エミリアの剣の振りを見ただけで、良し悪しを瞬時に判断して指導できるのは、たぶん俺以外にいないだろうし。

そう考えると、クイールが俺だというヒントはたくさん出してしまっていた。

「とある人のことが、私……気になってて、どうしたら会えるんだろうってそればかり考えてしまうの」

「……だ、誰だそれ」

思ってもみない切り出し方に、思わず俺の表情が曇る。

エミリアに、気になる人が出来た――？

一方的に気になる男ができたのか。

部下か？　ジェレミアか？

団長と副長の関係が発展してしまったんじゃないだろうな。

「何怖い顔してるの？」

「ああ、いや……そんなつもりは。ちなみに、どんな人なんだ？」

最低でもエミリアくらい強くて、年齢も離れていないのならいいが。

「二〇代後半くらいの人。剣の腕がすごいのよ」

「ほ、ほぉん？」

「先生といい勝負するかも」

いや、たぶん俺のほうが強い。

誰かは知らんが。


いかんいかん、つい意地を張りたくなってしまう。

何せ、エミリアがこんなことを言い出すのがはじめてだ。

否定するのではなく、この子が幸せになれるように支えてあげるのが、育ての親としての務めだ。

俺はそう自分に言い聞かせた。

「もう会えないかもしれないわ。でも、そう思うと余計に……気持ちが募ってしまうというか」

「手紙でも出したらどうだ？」

ぎこちない笑みで俺は助言するが、エミリアは首を振った。

「今どこにいるのかわからないの。先生並みに強いから本当は名が知られている大物で、もしかすると、先生の知ってる人なんじゃないかって……」

「それで、ここまで訪ねてきたのか」

もしや、それクイールのことでは。

「その人、私には、クイールって名乗ったわ」

「やっぱり⁉」

あ、やばい。反応を間違えた。

誰だそれ、と素知らぬフリができれば良かったが、初手を誤ったせいで、俺が何か知っていると思われた。

エミリアは、ずいと近寄ってきた。

「知ってるのね⁉」

「いやー、まあー、ええっと、知らなくはないというか」

俺だからな。

「クイールは今どこにいるの⁉」

「いやーううん、俺もあまり知らないんだ」

「そうなの……」

しゅーん、とわかりやすく落ち込むエミリア。

「好きなのか？」

「そ、そんなの先生に関係ないでしょ！」

急に顔を赤くして怒りだした。

「気になるってさっき言ってただろ」

「う、うるさぁーい！　もうちょっと指導を受けたかったの。それだけよ」

エミリアは、ぷん、と顔を背ける。

気になる男性が、変な男でなくて良かった。クイール自体も変といえば変な男だが。

本当のことを教えたほうがいいんだろうか。

いや。

あの落ち込み具合だ。

逆ギレして自棄を起こすかもしれない。そっちのほうが心配だ。

クイールにその気がないと伝えられたら、諦めてくれるだろう。

「エミリア。手紙なら彼に届けることができる――」

「ほんと⁉」

目を輝かせたエミリア。

「かもしれない」

「先生……本当に知り合いなの？」

すぐ半目になってテンションが反転した。

「もし彼に手紙が届いても、読むかどうかはわからないし、返事はないかもしれないが」

「届くならそれでいいわ！　――私、今すぐ書くから。速攻で届けてちょうだい！」

ぱっと立ち上がったエミリアは、ホームに通じる扉から教会を出ていった。

「もし届いてもって濁したのに」

全然話聞いてないな。

「クイールさんは、ずいぶんご活躍だったようで」

皮肉と同時に現れたのはレベッカだった。

「こちらにも評判は聞こえてきましたよ。若い女性騎士をはべらせて鼻の下を伸ばしているとか」

「あれ……思ってた評判と違うな」

レベッカはいつにも増して無表情だ。

なんか怒ってる……？

「二か月留守にして悪かった。色々と苦労をかけてすまない」

「そこじゃないのですが、まあいいです。個人的な情報網から耳に挟んだところ、王国騎士団の暗部が旅の剣士クイールを躍起になって探しているようです」

暗部というのは、諜報《ちょうほう》活動を中心に行う特殊な組織で、騎士団の表に出ないことからそう呼ばれている。

「暗部が個人のために動くなんて、よっぽどの大罪人を探すときくらいだろう」

「はい。そのクイールさんを騎士団全体の武術師範として雇いたいそうですよ」

「マジかよ」

「旅人から大出世ですね。功績を考えれば、放浪させたるままなんてもったいないとなったのでしょう」

「いない人物を探すなんて、大変だろうに……」

俺の目的は、エミリアのお悩み解決で、武術師範なんて立場に興味はない。たまたま武術師範になるのが都合が良かっただけで。

「先生！　書けたわ！」

手紙を持ってエミリアが戻ってきた。

「これ、絶対に届けてちょうだい」

「はいはい」

「絶対だから！」

返事があったら教えてね！　と言ってエミリアは去っていった。

一部始終を見ていたレベッカはくすっと笑う。

「さて。どうお返事するのか見ものですね。架空の人物が」

からかわれていることがわかり、俺は肩をすくめた。

9 幽玄の牙

ううむ、と俺は食堂のテーブルで便箋を前に頭を抱えていた。

「なんて書いたら……」

「事故で亡くなったとか、ザックが適当に言ってしまえばいいのでは」

その様子を見ていたレベッカが、洗い物の合い間にこちらを覗《のぞ》いて助言してくれた。

「そうかもしれないが」

クイールに宛てたエミリアの手紙を読み、返事を考えているときのことだった。

「手紙が熱烈で……事故死したなんて知ったら、悲しむだろう？」

「でしょうね」

「悲しませたくないんだよ。あの子を。やんわり遠ざけても、聡《さと》い子だからショック受けるだろうし」

「過保護」

ぼそっと言うと、愛想《あいそ》を尽かしたかのように、レベッカは元の食器洗いの作業に戻る。

「そんなこと言われても、性分だから仕方ないだろ」

と、俺は言い訳を口にする。

エミリアは、また会いたい、今度会えるとしたらいつ？　居場所を教えてくれたら向かうわ、な

motosaikyou
ansatsusya ha
inaka de hissori
shinpu ni naru

どなど。クイールに対しては超積極的。

正体が俺だったとは言いにくい。呆《あき》れられるのも怒られるのもいいが、嫌われるのだけは避けたい。

「ううーん」

ペンでテーブルをコツコツやって悩んでいると、教会のほうから複数人の足音が聞こえてくる。

洗い場の水音が止まったので、レベッカも気配を察して耳を澄ませているようだ。

「六人ほどでしょうか」

「大人の男六人と犬一匹だな」

「まだまだ気配察知も現役並みのようで。……こんな時間に、お祈りでしょうか」

レベッカが窓の外を見て怪訝《けげん》そうに言った。

外はもう暗く景色は藍色がかっている。

「男たちだけで犬の散歩をするのが流行《はや》ってるわけでもないだろうに」

何かあったんだな。

俺はペンを置いて席を立つ。

教会への通路から中に入ると、俺を待っていたらしく、男たちが集まってきた。

予想通り、男六人と犬一匹。

顔ぶれは、グリーンウッドの町を代表するような主だったものばかりだった。

「こんな時間に皆さんお集まりで、どうかされましたか?」

夜、礼拝する者は珍しくないが、ここの住人で夜やってくる人はいない。

「大変だ、神父さん」

地主の男が言うと、商会長の男があとを継いだ。

「こんなモノが、町の入り口に貼ってあったんだ」

張り紙のようなものを差し出され、確認すると、要求書のようなものだった。

「『三日後、食料と水二か月分と三〇〇万リンを用意しろ。できていなければ男は殺し女子供は攫《さら》う。幽玄の牙より』……物騒なお願いですね」

「のん気なことを言っている場合ではないですよ、神父さん」

深刻そうに自警団長の男が言う。

「幽玄の牙は、悪名高い流れの盗賊団だ。用意できなければ、町も町人も無茶苦茶にされてしまう」

「盗賊団……幽玄の牙……聞かない名前だな」

たぶん、レベッカもそうだと思うが、俺や彼女の耳に入らないということは、裏社会では四流以下ということだ。

「ちなみに、要求の品は」

「無理だ、そんないきなり」

「ですよね」

犬が構ってほしそうだったので、自警団長が連れてきたらしい茶色い犬を俺はじゃらしていた。

わうわう、と喜んで尻尾を振ってくれた。……可愛《かわい》い。

「領主様には事情の説明と応援が欲しいという手紙を送ったが、来てくれるかどうか」

「要求の品が用意できない以上、戦うしかない。神父さんにもそれを伝えようと思って。男手は一人でも多いほうがいいから」

「明日から、町の出入り口にバリケードを作ることに決まった。男は総出で作業するから、神父さんも手伝ってほしい」

「わかりました。そういうことでしたら、微力ながら私も手を尽くしましょう」

「ありがとう。明日の朝からはじまるから。よろしく頼むよ」

俺は男たちと固い握手を交わす。

緊急時に輪に入れてもらえるくらい、俺は町の一員になれているようだ。

彼らが帰るのを見届けて、俺はホームに戻った。

「レベッカ、幽玄の牙って聞いたことある？　盗賊団らしいんだが」

「いえ。初耳です」

だよな。

教えてくれた町人の口ぶりから、各地で悪さをしているらしい。新参ではないあたり、やはり四流以下の盗賊団なのだろう。

「調べましょうか？」

「頼む」

うなずいたレベッカは、静かにホームを出ていった。

噂《うわさ》だけが大きくなってしまって、実際には脅威でもなんでもない、なんてことは大いにある。レベッカには手間をかけさせるが、どんな輩《やから》なのか知っておいたほうがいいだろう。

代わりに、子供たちの風呂の準備をすることにした。

何枚あっても足りないタオルに、着替えの寝間着、それを人数分。年長の子が何人か手伝ってくれたので、手間取ることはなく、男子から先に風呂に入れていった。

慌ただしい入浴時間が終わり、子供たちが寝入ってようやく俺ものんびり風呂につかる。

「ザック、よろしいですか」

すると、扉の向こうからレベッカの声がした。

「もう調べたのか」

「ええ。当然です」

得意げな声音が聞こえると教えてくれた。

「盗賊団、幽玄の牙とやらは、四〇人ほどのゴロツキ集団のようです。各地で物品を要求し、応えられなければ村や町を蹂躙《じゅうりん》する――。私たちが知らなかったのも道理で、襲えそうな小さな町や村にしか現れないようです」

「なるほど」

苦笑するしかない。

戦後の貧困で賊に身をやつす者もいると聞くが、典型例だったらしい。

詳しく話を聞こうと、風呂を出る。

急に出たせいで、脱衣所にいたレベッカがくるりと背をむけた。

おじさんになると、素っ裸を見られたところで何も恥ずかしくないのだが、レベッカはそうではないらしく「いきなり出てこないでください！」と苦情を言って逃げるように出ていった。

服を着ると、子供たちに聞かれないように俺たちは教会の小さな事務室にこもる。

「話を続けます。首領の名前はロジャーズ。元王国軍の兵で、多数の軍規違反により拘束。のちに脱走し今に至るようです」

「国を守るはずだったのに、どうしてこうなったんだろう」

「さあ。興味ありません」

調べた人物の背景にまるで関心がないのは、あの頃から全然変わっていない。

「そいつらは、村人や町人、弱い立場から奪うことしかできないクズ集団だと?」

「はい。他に特徴は、子供を攫い売り飛ばす商売をしているようです」

なん、だと……?

弱者に食料金品をたかるだけでなく、子供にまで手を出すだと……?

「奴らが出現するのは新たに『仕入れ』をしたいときで、襲った町や村からさらった子供を、伝手《つて》のある奴隷商人を通じて売り捌《さば》くことを主な生業《なりわい》にしているようです。気に入れば慰み物として連れまわしているようです」

大人が守り育てなければならない子供を、食い物に――！

「るさん……」

「ザック？」

許さん

「金を稼ぐにしても下劣極まりない。弱者から搾取《さくしゅ》することしかできない下衆《げす》め。見逃すことはできない」

しかも、我が町グリーンウッドを狙いに来ている。

襲撃に成功すれば、ホームの子にも手を出すだろう。

「子供を攫って売るなんて、そんな生業があっていいはずがない！」

「人のことは言えないと思いますが」

「掃除屋さんのときの話か？　だから、今こうして未来ある子供たちを育てて送り出すホームを運営しているんだろう」

「悪人を殺して得た私財を投げうって……ですか」

「誰であれ、仕事で命を奪ったことに変わりはない。大変だが、育児事業はなかなか得難《えがた》い充実感がある」

レベッカはくすっと静かに笑う。

「同感です。信念があるザックだから、私はこうしてホームのお手伝いをしているのです。意地悪言ってすみません」

「勘弁してほしい。君の意地悪はときどき正論で、かなり鋭く的を射ている」

ふふ、と口元を緩めるレベッカ。

「まあ、そういうレベッカだから、この仕事に誘ったんだ。間違っていれば俺を厳しく追及したり指摘したりするだろうから」

「……」

無言になったレベッカは、頬を少し染めて、べし、べし、べし、と俺を叩《たた》いてくる。

「ちょ、何、なんだ」

「女たらし」

「そんなつもりは……」

目元までまだ赤いレベッカは、おほん、と咳《せき》払いして仕切り直した。

「ねぐらは、襲撃予定地からさほど離れていない山の麓や森の中であることが多いようです。グリーンウッドを狙っているのなら、森の奥が第一候補でしょう」

「あそこか」

地名の由来になった大きな森がある。そこなら、四〇人程度が潜んでも簡単にバレない。

「少し夜風に当たってくるとしよう」

「……わかりました。子供たちは寝ているようなので大丈夫でしょうが、あまり遅くならないように」

「わかってる」

レベッカが事務室を出ていくと、俺は『万化の皮』で念のため顔を変えておく。三〇代の中肉中背の農夫といった感じの風貌に容姿をまとめる。

「こんなところか」

どこにでもいそうな、冴《さ》えない青年農夫が鏡に映った。

教会の地下に通じる階段から、外に出ることができる。

中身が俺だとバレてはいけないので、秘密の地下通路から教会の外に出て、黒々と茂った森を目指した。

ロザ

「ふっ、ふっ、はっ――んんッ」

隣の檻《おり》から男の荒い息遣いが聞こえる。

気色悪い生々しい音に、ロザは目をつむり、耳をふさいだ。

一日に何度もこの音と声が聞こえて、頭がどうにかなりそうだった。

男たちが代わる代わるやってきて、同じことをしていくのだ。

隣の檻にいるのは、ロザより少し年上の一〇代前半と思しき少女だった。

話しかけたこともあるが、いつも目は虚《うつ》ろで、何かしゃべったと思っても、ボソボソ話すのでよく聞こえない。

自分もいずれ乱暴されるのだと嘆き悲しんでいたが、どうやら違うらしく、男たちの一人がロザのことを商品だと呼んだ。だから誰も手出しできないのだと。

つい先日まで洞窟に滞在していたが、今では森の中で一団は生活している。

やってきた男たちの口ぶりでは、狙っている町がそばにあるらしい。

「おッ……ふううう」

ようやくコトが済んだらしく、檻の中とその周りにいた男たちの三人がしゃべりだした。

「おーい、コイツもう死んでんじゃねえのか？」

「ああ、うん。死んでらぁ。全然息してねえもん」

「嘘《うそ》だろ～。どうりで反応ねえと思ったぜ」

「いやわかるだろ普通。死体相手って、おまえっ、ハハハハ。趣味悪ぃなぁ！」

「まあ、近々町を襲うんだろう？　じゃあいいじゃねえか」

「でも明日どうすんだよぉ。無茶苦茶できねえじゃんかよ。お得意さん用のヤツは――」

「やめとけ、やめとけ。ボスがキレる。商売ってやつぁ、信用が大事なんだ。覚えとけアホ」

「おまえだってアホだろ、カス」

「ブチ殺すぞコラ。商品の価値もわかんねえ奴《やつ》は黙ってろ。処女なんだから手ぇ出しゃバレるに決まってる」

「そゆこと。お得意さんにバレたら、幽玄の牙の誰かだってすぐ特定されて、ボスがブチギレる。そして俺はおまえを売る。おまえはボスに殺される」

「ダチを売るんじゃねえよ。カス野郎」

「死体弄《もてあそ》びクソ野郎に言われてもなぁ」

「ギャハハ。違いねえ」

下品な会話をしながら男たちが遠ざかっていく。

ロザはそっと顔を上げて隣に目をやった。

名前の知らない彼女は、ぐったりとしている。

「ね、ねえ……？」

男たちが言ったように、なんの反応も示さない。

「し、死んじゃったの？」

ロザの声が震える。

檻から手を伸ばし、触ろうとするが、手が届かない。

「私も、こうなるの……？」

ロザは目の前が真っ暗になった。

お得意様用の商品だという話だが、何をされるのかもわからない。もしかすると、もっと酷《ひど》いことをされるのではないか。

もう、それならいっそのこと、今ここで死んでしまいたい――。

優しい両親に育てられていたのに、ある日家族を奪われた。盗賊らしき奴らに攫われ、今は檻暮らし。絶望のただ中にいる。

まともに生きられないともう諦めたのに、まだまだ涙が出る。

ロザは膝の中に顔を埋めて小さくなった。

「私、何も悪いことしてないのに」

何度目かわからないセリフをつぶやいて、こんな試練を与えた神様を呪った。

サクサク、と腐葉土を踏みしめる身軽な足音が聞こえてくる。そのままでいると、少年の声がした。

「これ。食べて」

檻の中にパンが差し入れられていた。

ロザが目線を上げると、何度か見たことのある少年がいた。男たちが小間使いにしている少年で、ソフィンと呼ばれていた。

「要らない」

「食べなきゃ死んじゃう」

「どうせ死ぬ」

少年は、隣の檻の異変に気づき、つらそうに目を細めた。そして祈りの言葉を彼女に手向けた。

「お得意様の貴族がいて、君はそこに送り届けられるんだ。綺麗《きれい》な子を集める不思議な人で、きっと良くしてくれるよ」

気休めなのか、本当なのか、判断に困り、ロザはまたうつむいた。

「あっち行って」

「ごめんね」

何に対しての謝罪なのかわからず、ロザは無視した。

「檻の鍵は、ボスが四六時中身に着けてて……。オレがもっと強ければ、あんなやつ」

「早くどっか行ってよ！」

良心の呵責《かしゃく》を和らげに来たのだ、とロザは思った。

できもしないのに、わざわざ希望を持たせるようなことを教えて、さらに深く絶望させる気なのだ。

何も言えなくなった少年は、今度は無言で立ち去った。

足元に転がるパンは、視界にあると食欲が出てきてしまうので、遠く、見えない茂みのほうに投げ捨てた。

膝を抱えて丸くなろうとすると、ガシャと隣の檻が鳴った。

「ダメか……？」

聞き覚えのない声にロザは顔を上げた。すると、農夫らしき男がいた。

おそらく奴らの仲間ではない。

全員を知っているわけではないが、雰囲気がどこか落ち着いていて、表情は深い悲しみに包まれていた。奴らは檻の中のモノに同情なんてしないのだ。

檻の中に手を入れて少女の手首を触ったり、首の付け根のあたりを触ったりしていたが、やがて固く目を瞑《つぶ》って、祈りの言葉をぶつぶつとつぶやいた。

「君は大丈夫か？」

「誰」

警戒を露《あら》わにしたロザは、男から距離を取る。すぐに反対側の格子に背がつき、ガシャンと音を立てた。

「俺は、ええっとー、農家を営んでいる三〇代中盤の男性だ」

怪しい自己紹介に、ロザは表情を険しくする。それに気づいた男がすぐに訂正した。

「アダムス……でいいか。俺はアダムスだ。普段農家をやっていて、たまたまここに迷い込んでしまったんだ」

ロザを心配させまいとしたのか、アダムスと名乗った男はキラリと白い歯を見せる。ロザにしてみれば、怪しさと胡散臭《うさんくさ》さが増しただけだったが、自己紹介を信じるのであれば、やはり奴らの仲間ではないようだった。

「何をしているの？　ここは悪党のアジトで、見つかれば殺されてしまうわ」

「親切ないい子だね、君は」

「え？」

「自分より見ず知らずの俺の心配をしてくれる」

「だって、私は見ての通り」

説明は要らないだろう。厳重に鍵をかけられ、檻に閉じ込められているのは、誰が見ても明らかだった。

アダムスはわかったのか、わからないのか、カチャカチャと錠前を入念に確認する。

「あー、このパターンか。時間がかかるな。魔法を使って封印してくれたほうがよっぽど楽だったんだが」

「鍵がなければ開けられっこないわ。いいからさっさと逃げて」

「解錠するよりも奪ったほうが早いな」

「何を言っているの」

信じられない言葉を耳にして、ロザは眉をひそめた。

「殺されてしまうのよ。逃げて。私のせいで人が死ぬのは見たくない」

「鍵がどこにあるか、わかる？」

アダムスは、全然話を聞いていない。そのへんに置いてあるかのような尋ね方をする。

「ボスの男が持っているって……え？　盗むつもり？」

「ここから出たいでしょ」

答えはイエス。だが、希望を持つのが怖い。出られると思っても、アダムスが鍵を持ってこなければ、また深く絶望するはめになる。

「私のせいであなたが死ぬかもしれない。お願いはできない。できないけど……」

肩が震えて、また涙が溢《あふ》れてきた。

自分のせいで誰かが死ぬところなんて見たくない。うっすら差し込んだ光明が、闇で再び塗り潰されるところは見たくない。

でも、それでも、縋《すが》りつけるのであれば。


「私、ここから、出たい……」

「いい返事だ」

笑ったアダムスは、くしゃり、とロザの髪の毛を撫《な》でた。

10 神の下へ

「誰かに襲われることを想定していないなぁ」

と俺は感想をこぼす。

一旦拠点としたような形のアジトは、どこからでも侵入ができそうだった。

最近年のせいなのか、思ったことがすぐ口からこぼれていってしまう。

自己完結しているせいで、レベッカに「何か言いましたか？」とよく訊《き》かれるが、俺自身声に出した自覚がないので、つい首をかしげてしまう。

それはともかく。

ローティーンの女の子が一人囚《とら》われているのを確認した。おそらく、幽玄の牙は、彼女を取引場所まで移送する途中なのだろう。

少女は自分を商品だと言った証拠に、乱暴の痕がひとつもなかった。亡くなっていた子とは対象的だ。

俺はその子に脱出の意思を確認した。

場合によっては、子が逃げると親が責任を負わされることもあるし、売られるのは本人納得の上だったりする。逃亡すると売ったお金を返金する必要があるときなんかがそうだ。

なので、残ろうとする子がいないとも限らない。

だが、出たいという彼女の希望をしっかり聞けたので、ようやくゴミ掃除ができるというわけだ。

幸い、ここは森の中。身を隠す場所には困らず、敵を様々な角度から楽に観察できた。

入念に気配を消しているため、素人《しろうと》の寄せ集めのゴロつきに俺は視認できない。

茂みからアジトの溜《た》まり場のひとつを覗《のぞ》くと、五人が集まって酒を呑《の》んでいた。

「教会にガキがたくさんいるみたいだ」

「売り物になんねえなら、手ぇ出していいよな」

「ったりめえだろ」

「そうだぜ。オレたちこんなに我慢してんだ」

「だな。ガキ何人か犯したってバチ当たんねえよな」

レベッカの情報は正しかったらしい。

襲う町の子供や女性の話ばかりしていて、期日が過ぎるのが待ち遠しいといった様子だった。

商品として扱っているためか、小さな女の子には非常に興味がそそられるらしい。

生かしておいても、この手の乱暴は繰り返すだろうことは、容易に想像ができた。

ましてや、うちの子たちを狙うなど言語道断。

「やるか」

気配を消したまま、茂みをそっと出る。

俺のことはまるで空気か何かのように感じるのか、男たちはご機嫌に酒を呑み、略奪心と性欲を募らせバカ笑いしていた。

誰もそばにいる俺のことは指摘しない。

「おまえたちみたいな人間を、のさばらせておくわけにはいかない」

話しかけると、ようやく向かいにいた男が気づいた。

「うわっ、な、なんだテメェいきなり⁉」

いきなりではないが、素人にはそう見えるだろう。

俺に背を向けている男にこっちを振り返らせた。

「人が話しかけているんだ。こっち向けよ」

ゴキンッ、と頸椎《けいつい》をねじ切った。だらんと首が不自然な曲がり方をした。

「てめッ——」

首が折れたやつが手慰みに弄んでいたナイフがあったので、殺気立った二人目に放つ。小さな果物ナイフが、すこん、と簡単に眉間に吸い込まれ男が仰向けに倒れた。

反応はそれぞれだった。驚いている男、まだ何が起きているのか理解していない男、臨戦態勢を取った男。

「子供は、国の未来だ。これからを担《にな》う子供を弄ぼうとするおまえらは、万死に値する」

臨戦態勢の男が、剣で斬りかかってくる。

バカ正直すぎて、戦う気にもならない。

置いてあった酒が目に入ったので、ビシャッと顔にかけた。

「ッ――⁉」

「好きなんだろ？」

視界が潰れている隙を突き、そいつの手首を折り、足を払って倒すと、剣を握らせたまま男の腹に刺した。

叫び声を上げそうだったのですぐさま口にも切っ先を突き刺す。

「剣の味はどうだ。イケるだろ？」

絶命した男から目を離すと、一人は腰を抜かしており、もう一人は逃げ出そうとしていた。

「なんだ、こいつ――」

「だ、だれ、誰かっ……！」

血ぶりをして、俺は一歩一歩腰を抜かした男に歩み寄る。

小便を漏らして震えていた男の首をはね、泣きながら這《は》いずりながら逃げる最後の一人に迫る。

「だ、誰か、たしゅ、助けて――」

「そう慈悲を乞うた人たちは今までにたくさんいただろう。そんな彼らに、おまえは何をしてきた？」

「やだ、やだぁあ！」

段差につまずいて転ぶと、命乞いをしてきた。両手を握り、祈りを捧《ささ》げるポーズをとる。

「助けて、お願いだから。殺さないで」

俺はうなずいた。

「わかった。大丈夫だ。今楽にしてやる」

拳を振り抜き男の喉を潰すと、剣を下から振り上げた。祈りを捧げていた両腕が手を組んだまま宙に舞った。

「――」

何か叫びたそうだったが、フーやキューと呼吸音しか出ない。

「祈る相手が違うぞ」

のたうちまわって自らの血で染まっていく男はもう失神寸前だった。

「勝手に楽になろうとするな。おまえを楽にしてやるのは、俺の役目だ」

男の襟首を摑《つか》み、力の限り締め上げる。

「――っ、っ～」

顔色が赤黒く変わっていき、足をバタつかせると失禁した。

「俺が思うに、痛いよりもつらいほうがキツいと思うんだが、おまえはどう思う？　腕が斬られたことと呼吸できないこと、どっちがキツい？」

答えることはなく、男はだらしなく舌を出し、事切れた。

ふう、と小さく息を吐いて、手で砂埃《すなぼこり》をぱっぱと払う。

「この程度で少し息が上がるとは」

体力はさすがに全盛期から落ちるな。

年は取りたくないもんだ。

一人が座っていた椅子に腰かけ、森の中で採取した野草を数種類すり合わせ、付近に置いておく。

こうしておくと、魔獣を引き寄せるにおいが周囲に充満するのだ。森の中では即席の囮《おとり》となるのだが、今日は用途が違った。

「クズならクズらしい最期にしてやらないとな」

茂みの奥から魔獣の気配がいくつか感じられた。

この手の罠《わな》にいち早く反応するのは、腹を減らした雑食の魔獣であることが多い。

がさっと茂みが鳴ると警戒心をあらわにした狼《おおかみ》型の魔獣が顔を出した。

俺は立ち上がって次のゴミを掃除するためその場を離れる。

振り返ると、さっきいた場所には魔獣が群れとなっており、我先にと死体にかぶりついていた。

「おまえらのようなクズは、神のもとには行かせない。墓の下で眠れると思うなよ」

ロジャーズ

ロジャーズは、かつての世界大戦でルベンデートル王国軍の下士官として、戦場で槍《やり》を振るい、数十人の敵兵と数人の上官を殺してきた。

最初こそ、人を殺したことへの罪悪感に頭を悩ませることもあったが、戦争はロジャーズの性格をゆっくりとひん曲げていった。

人を殺したことの罪は、重ねれば重ねるほど称賛を浴びるようになり、殺人は、他者よりも己が優れていることの証明となった。

罪悪感が消えた頃には、命を踏みにじる力に酔いしれるようになっていた。

敵に恐れられ、味方からは讃《たた》えられ、優越感のぬるま湯が非常に心地よかった。

時には、上官の命令を無視し、暴走することもあった。

ロジャーズにとっては、脳汁に身を任せ敵兵を屠《ほふ》り続けることがすべてだった。邪魔するのであれば上官ですら排除し、戦死ということにして突き進んだ。

やがてついた異名は、「死神ロジャーズ」。

敵にとって脅威であるという意味はもちろん、所属先の上官、部下みんな死んでいるからだ。

大戦が終わる間際《まぎわ》になり、ロジャーズは軍法会議にかけられることになった。

戦争が終われば、死神は英雄ではなくただの大量殺人犯。

味方ですら手を焼いた、その欲望に身を任せた奔放な戦い方が、仇《あだ》となったのだ。

「死神さんよぉ、あんた死刑だぜ。みーんな言ってらぁ。命令違反、上官殺し、無謀な突撃による部下の無駄死に。どんだけ強くても、ありえねえことするぜ。功績よりも、悪さが段違いで上なんだよ」

檻《おり》にいるロジャーズに監視の兵は言った。

おそらくそうなのだろう、と肌で感じていたロジャーズは、檻越しにその兵を殺し、鍵を奪って脱走した。

世界が平和になっても、戦時の習慣が抜けることはなかった。

奪う、殺す、犯す――これを脱走後もロジャーズは繰り返してきた。

そうしていたら、いつの間にか、仲間になりたいと言う男たちが集《つど》ってきた。

四〇人ほどの大所帯にまで成長するようになると、村や町を襲ったついでに商売をはじめた。

攫《さら》った子供を奴隷商人に売るのである。

こうすることで、金回りは非常によくなった。

ロジャーズを恐れる者はおらず、部下の男たちはみんな慕ってくれていた。武力を素直に賞賛し、憧憬《しょうけい》の目で見るようになっていた。

誰かが、俺たちは家族なんだ、と言っていた。くすぐったい表現ではあったが、そうかもしれない、とロジャーズは思った。

今まで、欲の赴くまま振る舞っているとはじめは良くても、愛想《あいそ》を尽かされ呆《あき》れられ見放されることが多かったロジャーズ。

だが、この仲間たちは違った。

殺し、奪い、犯し——やりたいことをやりたいようにやっても、誰も離れることはなく、その事実がロジャーズに仲間は家族なのだと一層強く実感させた。ロジャーズもそうだが、幽玄の牙のみんな、ロクでもない人生を歩んできていた。

ロジャーズは仲間たち一人一人の人生を把握し、彼らに起きた理不尽に憤《いきどお》り、怒り、ときには涙した。親身で何事にも共感してくれるロジャーズは、仲間たちにとっての唯一の理解者であり、居場所だった。

誰もが、楽しく、愉快に、あるがまま振る舞うことができる。

それが幽玄の牙だった。

これまで、すべて上手《うま》くいっている。それはこれからもきっとそうだ——。

ひとまず拠点とした森の奥。

町の様子を視察すると言って出ていった仲間がなかなか戻らないことに、ロジャーズは首をかしげた。

「まさかぁ、祭りをはじめちまってるんじゃあないだろうなぁ？」

しょうがねえやつだな、とククク、と喉の奥で笑うロジャーズだが、森を包む異様な気配を察知した。

本能のまま生きてきたロジャーズだからこそ感知できたこの変化。

昨日、一昨日とは違った種類の静寂があたりを占めている。

「おぉい！　ケズラ！　いねえなら、ベゼ！　いるかー？」

周囲に大声で呼びかけても、なんの返答もない。

普段なら、当人でなくても行方を知っている者が教えてくれるのだが、その様子もない。

「どうなってやがる」

槍を手に腰を上げたロジャーズは、仲間たちが溜まりそうな場所——食い物や酒、その他物資を置いている所に向かう。

漂ってきたのは、強烈な血のにおいと、獣のにおい。

魔獣たちがひとつの塊のようになって一点に群がっていた。

「チッ！　——何してやがる、クソ狼どもが！」

大音量を響かせると、驚いた魔獣たちが、ロジャーズを一目見る。敵《かな》わないと悟ったのか、尻尾を巻いて逃げていく。例外なく口元を赤くしており、肉らしきものを食べたようだった。

「クソ狼がアジトに入ってきてんのに、どうして誰も」

なんの対処もしないのか。

そう思って一歩踏み出したとき、何かを蹴ってしまった。

それは、タトゥー入りの誰かの両腕だった。両手を組んだまま、肘から先が本体と切り離されてしまっている。

「っ!?」

このタトゥーは、ケズラのものだ。

「ケズラ⁉　どこだ⁉　無事かぁぁぁぁあ⁉」

だだだ、と走り出したところには、赤い血だまりができていた。

おびただしいこの血は、一人分の出血量ではなかった。

むせかえるほどの臓物と血の濃いにおいが一帯を支配している。人間の男と思われる腕や脚がそこかしこに転がっていた。

「――！　ベゼ、無事か⁉」

愛する仲間のベゼの顔が、物陰から覗いていた。急いで駆け寄ると、顔の後ろ半分……後頭部は魔獣に食い散らかされており、首から下も見当たらなかった。

「うわああああああああああああ⁉　ベゼェ――――――――⁉」

顔しか残らなかった亡骸《なきがら》に向かって慟哭《どうこく》するロジャーズ。

「なんでこんなことがぁぁぁぁああ⁉」

よくよく周囲を見てみると、ケズラとベゼ以外の装備品がちらほら散見される。

クレイ、ペペ、サテン――少なくとも、五人がここで死んでいた。

「うぉぉぉぉぉぉおおおおおお」

頭を抱えて地面に打ち付けるロジャーズは、獣の咆哮《ほうこう》のような声を上げて号泣する。

ひとしきり泣いてようやく落ち着くと、次第に怒りが湧き上がってきた。

「うちの奴《やつ》らが魔獣程度に食い殺されるはずがねえ。それにケズラの腕……あれは剣で斬られたもの……」

そいつが、仲間を殺したのだ。

「許ッ——さんッッッ！」

歯をギシリと軋《きし》ませ顔を赤黒くするロジャーズは、槍を取り敵を探すことにした。

森が静かすぎること、今の五人の惨殺《ざんさつ》現場……。

疑惑が一本の線に繋《つな》がった。

ロジャーズは走り出す。

静かなのは、いなくなったのではなくそいつに殺されたからでは——。

仲間を、悠々と手にかけて殺していく何者かがいるのでは。

「どこにいやがる！　出てこいぃぃぃぃぃいいい！」

茂みに気配を感じて、振り向きざまに槍を投擲《とうてき》すると、何かに突き刺さった。

覗いてみると、まだそばをうろついていた狼の魔獣だった。

「チッ、違ったか」

怒りで感覚が鈍くなる者もいれば、逆に鋭さを増す者もいる。ロジャーズは後者だった。怒れば怒るほど、感覚器官すべてが澄み渡っていく。怒りを体現するために、力がより発揮されるのだ。

槍を抜いて振り返ると、男が一人立っていた。

敵だ敵だ敵だ敵だ！

選択の余地もなく直感がそうだと告げていた。

周囲には誰もおらず、気配すらなかったのに、空気が具現化したかのように、突如として男はそこに現れたのだ。

「ふうん。さすがに気づくか」

なんの変哲もなく、どこにでもいそうな男は、少し感心したかのようにつぶやく。

村の畑で農作業がお似合いの農夫だからこそ、この場この状況では、佇《たたず》まいもつぶやいたセリフもすべて異質だった。

「鍵を持っている……こいつだな」

男が目を細め、ロジャーズを見つめる。

すると、言葉にできない不安がロジャーズの全身を包んだ。


ゾワゾワゾワゾワ。

肌が粟立《あわだ》ち、一向におさまらない。

得体の知れないナニかが目の前にいる。

悪魔か、死神か。

人の形をしたナニかだ。

「だ……誰だ、おまえ」

「三〇代半ば、男性、村の農民、アダムスだ。おまえたちを今殺して回っている普通の農夫だ」

恐れと不安を塗り潰すほどの強い怒りが、ロジャーズを奮い立たせた。

「てめェエかァァァァァァアアッ！」

ロジャーズが突き出した槍の穂先は、雷光の瞬《また》きのごとき速度で走る。憎き敵を前にしてもなお、力まず、怒りと真逆の冷徹なほどの一撃だった。

「怒りたいのはこっちのほうだ」

穂先が届かないギリギリの場所にアダムスは突っ立っていた。胸を貫くはずの槍は、空を切っていた。

後ろに下がったのだと思われるが、それは結果的にそうだとわかるだけで、避けた動作がまるで見えなかった。

「生かす価値も情状酌量の余地もないクズは、狼のエサでちょうどいい」

ロジャーズの体が、ぶるぶると怒りで震えた。

「あれは、血のにおいに引かれてやってきたんじゃあねえのか」

「俺がおびき寄せて、食わしている。今も魔獣たちはおまえの仲間をたらふく食べて――」

「ぬァァァァア！」

連続突きを放つロジャーズ。

それをアダムスは簡単に避ける。

「畜生が！」

槍の穂先で、柄で、攻撃を畳みかけるロジャーズだが、手応えはまるでない。この男相手では、戦いにすらなっていない。

腕には自信があったが、自分がまるで赤子扱いされるとは思ってもみなかった。

こんな存在がまだ世の中にいることに慄然とした。

「荒々しい中に、クレバーな部分を感じる。相反する性質を持つ槍だな」

「よくもオレの仲間を――家族を――！」

「それは、襲われた人全員のセリフだ。反撃能力が低い村や町だけ襲って、奪い殺し犯し、子供を連れ去り売り飛ばす……」


嘆くようにかぶりを振ったアダムスは、声を張り上げた。

「それが大人の男がやることか！」


「っ……」

ロジャーズは、迫力と殺気に思わず腰を抜かしそうになる。

「仲間を思う気持ちがあれば、どうして想像できない⁉　死を嘆き悲しむ心があるなら、どうしてそんな悪を平然と行える⁉」

「オレたちゃ、そういうのの集まりだからだ。そうすることでしか生きられねえ。みんなの輪の中では上手くやれねえ奴らばっかだ。何よりもよ、奪う人生のほうが楽しいだろ」

「救いようがないな」

「へへへ。何言ってんだよ。あんただってどうせ、奪う側《こっち》――」

だろうよ、と自分は声に出したと思ったが、音として聞こえない。

地面と同じ高さから自分の体を見上げるのは、さすがに見慣れておらず、何が起きたのか理解できなかった。

「……そうだ。奪った分、今度は与えることにした。自分勝手かもしれないがな」

アダムスの巨大生物の瞳のような慈悲深い眼差《まなざ》しが印象的だった。得体の知れないこの男から感じた、唯一の人間くさい部分。

アダムスの気配を希薄に感じると、今度は魔獣の気配が強くなった。アダムスが魔獣を引き寄せる何かしたらしい。

こうしてみんなエサにされたんだな、とロジャーズは激痛を感じながら頭の片隅で思った。

11 ロザとソフィン

motosaikyou ansatsusya ha inaka de hissori shinpu ni naru

檻《おり》の鍵らしきものを奪った。

たぶん、今殺した男が、幽玄の牙のボスだったんだろう。

他のゴロツキに比べれば、かなりできる男でいい槍捌《やりさば》きを見せたが、戦闘技術は俺に一日の長があった。

魔獣をおびき寄せる例の調合薬を撒《ま》くと、すぐに魔獣たちが茂みから顔を出す。

俺をひどく警戒していたが、死体から離れるとぞろぞろとボスの死体に近づき、死肉を食《は》みはじめた。

「全員殺すんなら、鍵を奪う必要もなかったな。いや、でもあったほうが早く開けられるから、それでいいのか」

自問自答を口にして、俺は囚《とら》われの少女の檻がある場所に足を向けた。

「大丈夫?」

檻の中にいた少女は、俺を見て驚いていた。

「この場合、それは俺のセリフなんだけどな」

他人を想《おも》える優しい少女の反応に、俺は苦笑する。

「だって、あいつらそこらへんをウロウロしているのよ? あなたみたいな人が、見つかっちゃったら」

「これ。さっきそこで拾ったけど、もしかして……」

「え。落ちてたの……？」

白々しくも俺はうなずき、適当にあそこらへん、と指さす。

「それがここを開ける鍵かはわからないけれど……。試してみて」

「そのつもりだよ」

片膝をついて錠前に鍵を差し込もうとしたときだった。

「あっ！　危ない！」

少女が叫ぶと同時に、俺は頭を傾ける。

すると、ガコン！　と棒が檻を叩《たた》いた。

「この子に何する気だおまえ！」

振り返ると、そこにはあどけなさを残す少年がいた。一〇、一一歳くらいだろうか。背後から近づいてきているのはわかったが、こんなに幼い少年だったとは。

「え。今、まったく見ずにかわした……」

「大振りはかわしやすいんだよ」

俺が説明すると、「そういうことじゃないと思うのだけど」と少女が困惑する。

「ロザから、は、離れろこの野郎！」

「おうおうおう、元気な子供だ」

「誰が子供だ！」

「子供って言われて怒るやつは、みんな子供だよ」

うちのホームでも、だいたい精神的に幼い子に限って子供って言うと怒るんだ。

少年はまた棒を振り回すので、ぱしっと摑《つか》んで放り投げておく。

「あ」

「危ないからやめなさい」

「やめて！　このおじさんは、鍵を拾ってきてくれたの。邪魔をしないで！　奴《やつ》らが来ちゃうじゃない！」

「ロザ、聞いてほしい！　あいつらがいなくなってるんだ！」

「い、いない……？　どういうこと？」

「血が流れたあとはあるんだけど、姿が見当たらないんだ」

そういえば、この子はさっき俺が確認した中にいなかった。紙袋を持っているあたり、使い走りでもさせられていたのだろう。

ロザと呼ばれた少女は、不思議そうに首をかしげている。

「まあまあ、話はあとにしよう」

改めて鍵を使って開錠した。

「あ、開いた！」

「よかった。よかった。ここの鍵で」

またしても俺は白々しい言い方で一安心してみせる。

目の前の開かれた扉が信じられないとでも言いたげに、ロザはゆっくりと外の世界に手を伸ばす。

「出られる……。私、出られるのね……」

這《は》うようにでてきた彼女は、完全に脱出すると座り込んで泣きはじめてしまった。

もらい泣きしたのか、少年もぐすん、と鼻を鳴らす。

「少年、君はどういうアレだ？」

「僕はソフィン。幽玄の牙の一員で……食うに困ってただついてきているだけの雑用係だよ」

「まあ、そんなところだろうな」

妥当な回答に俺は納得した。

「悪人特有の荒《すさ》んだ目をしてない。悪事に手を染めてないであろうことは、見ればわかるよ」

「そ、そう？　ていうか、あんた、誰？　こんなところで何してんの？」

「俺はええと、アダムスだ」

「怪しい」

正解だ。

その直感は大事にしろよ少年。

「あいつらは、逃げたのかしら」

「どうだろう。食料がそのまま置きっぱなしだから、逃げてないと思うんだけど」

全貌が理解できないソフィンは首をかしげている。

おほん、と俺は咳払《せき》いした。

「この森には、伝説の大蛇が棲《す》むと言われている。もしかすると、大蛇の仕業かもしれない。人間なんて束で丸呑みできるくらいにデカいらしい」

小さな子によく聞かせる脅かし話だが、この年頃になるとまったく効かないらしい。

胡散臭《うさんくさ》そうに二人とも目を細めて俺を見ている。

「食べられたってことかしら」

「そうだと思うぞ」

「僕以外誰もいなくなってたから、大人四〇人くらいを食べたの？」

「おそらくな。それでも腹いっぱいになるかどうか」

深刻そうな表情で俺は首を振ってみせる。

「「ふうん……？」」

半信半疑といった反応だった。

七歳以下には効果抜群の脅かし話なんだけどなぁ。

この年頃だと全然ダメだな。

話を変えよう。

「ソフィン、ロザ。グリーンウッドの町に教会がある。そこの神父が施設を運営している。そこなら食べ物とベッドには困らない。あてがないなら、訪ねてみたらどうだ」

「受け入れてくれるのなら助かるわ。両親も村もあいつらにめちゃくちゃにされて、私の帰る場所はもうどこにもないから」

「僕もだ……。お世話になれるんなら、そうしようかな」

話がまとまり、二人が出口に向かって歩き出す。

俺は、隣の檻で亡くなっていた少女も檻から出してあげた。

お墓でも作ろうかと思っていると、ロザとソフィンが戻ってきた。どうやら手伝ってくれるらしい。

俺とソフィンが穴を掘る。その間、ロザは近辺からたくさん花を摘んで、色とりどりのブーケを作った。三人で穴に彼女を寝かせ、ロザが花を手向けみんなで土をかけた。

「星々が安らかな眠りに導かんことを」

俺の言葉を合図に、三人で黙禱《もくとう》を捧《ささ》げ、俺たちは森をあとにした。

町に戻ってくると、幽玄の牙襲撃に備えて、町中は慌ただしく緊張感が漂っていた。敵はもうやってこないと教えたほうがいいのかもしれないが、今後も似たような盗賊がやってこないとも限らない。

バリケードの強化や町民全体で連携を取ることは、決して今後無駄にはならないだろう。

いい訓練だと捉えて、今回は黙っておこう。

「あそこに教会があるだろう？　レベッカという女性がいるから、彼女に事情を説明するといい。

俺は、このへんで帰るから」

「ありがとう、アダムスさん。でも、どうして私たちに良くしてくれるの？」

不思議そうにロザが尋ねた。

「どうしてって……大人が子供を助けるのに、理由はいらないだろ」

俺の中では、至極当然のことだが、二人にとってそれは特別なことだったらしい。

くすっとロザが小さく笑う。

「私のことを優しいと言ったのは、アダムスさんが優しい人だからわかったのよ、きっと」

「俺はそんな大層な人間じゃないよ」

「な、なんか裏があるんじゃ……」

ソフィンはまだ俺を疑っている。

「あの教会が少しでもおかしいと思ったら逃げ出したらいい」

「それもそっか」

「私は、アダムスさんのことを信じているわ。あんたは、嫌ならよそに行けば？」

「僕は君が理不尽な目に遭わないか心配だっただけで……」

二人の会話の様子からして、ソフィンはロザに弱いらしい。

「それじゃあ、またな」

あとで会うことを知っているから、軽い別れの挨拶をしたが、何も知らないロザからすると、そうではなかった。

「アダムスさん――」

俺の腰に抱き着いてくるロザ。その背をそっとさすった。

「ありがとう。本当に、ありがとう。どれほど感謝しても足りないわ……」

「君だけでも助けられて良かった。クソみたいな大人はたくさんいるが、全員がそうではないと理解してほしい」

「うん！」

「僕もだよ、アダムスさん。あのままだったら、僕はいずれあいつらと同じ悪いことをして生きていくしかなくなっていた。そこから救ってくれて、ありがとう」

「どういたしまして。ロザをちゃんと守ってあげるんだぞ」

「っ、や、僕は、別にそういうんじゃ」

けらけら笑った俺は、手を振って去っていった。

後ろを振り返ると、ロザとソフィンはまだ大きく手を振っている。俺が見えなくなるまでやめないらしい。

ほどほどのところで姿を消し、マスクを捨ててホームに戻った。

そこでは、先に着いていたロザとソフィンがレベッカに事情を話しているところだった。

「どうしたのですか？　見ない顔ですが」

「あの、私、ロザって言います」

「僕は、ソフィン、です」

「アダムスさんっていう親切な人に、ここを案内されて……」

玄関でしている会話がうっすらと聞こえてくる。

教会とホームの説明や、どんな生活をしているかなど、レベッカなら上手くやってくれるだろう。

「おぉーい」

と、今度は町のほうから声が聞こえる。

振り返ると、そこには男が一人こちらに手を振っていた。

礼拝者か、それともバリケード設置のお誘いか……おそらく後者だろう。

ペシペシ、と頬を叩いて脳を切り替える。

「神父さーん、バリケードの件だが！　やっぱ人手が足んねえんだ！　手ぇ貸してくんねえかな⁉」

まったく、さっき一仕事終えたばかりだというのに、まだ働く必要があるらしい。

「今行きます！」

俺は声を上げて、男と合流しようとすると、ロザとソフィンを引き連れたレベッカが待ったをかけた。

「ザック、少しだけよろしいですか？」

「おや。レベッカ、この子たちは？」

「……白々しい」

ぼそっとレベッカが言った。二人に聞こえるから声に出さないでほしい。俺がちょっと眉をひそめると、意図が伝わったようで、レベッカは小さく首をすくめた。

「親切でカッコいい紳士的なアダムスという男性から、ここを案内されたようです。――この方が、教会の神父でホームの院長をしている、ザックです」

ぺこり、とロザが頭を下げる。

「こ、こんにちは」

慌ててソフィンもそれにならってお辞儀する。

「はじめまして」

「かしこまらなくていいよ。合わなかったり、嫌だったりすれば、無理にここで暮らす必要はないからね。今は来客がいるんだ。話はまたあとでしょう」

なんの気なしに、ぽんぽん、と二人の肩を叩く。

「「……」」

ロザとソフィンが、俺を注視した。何か感じるものがあったのか、一度顔を見合わせ、また俺に目線を戻した。

バレるはずがないが、子供の直感というのはなかなかどうして侮《あなど》れないところがある。

まあ根拠はないだろうから、何か指摘されても他人の空似で押し通せばいい。

「神父さん！　早く！　急いでくれ！　期日が決まっているってだけで、いつあいつらが襲来するかわかんねえんだからよ！」

急《せ》かす人がいるので、俺はちょうどいいとばかりに「じゃあまたあとで」と言ってその場を離れる。

「ですがね、悪党にはきっと天罰が下ります。古今東西そういうふうに――」

「つべこべ言ってないで、急いでくれ。オレたちで守らなきゃいけないんだからよ」

よっぽど人手不足だったのか、俺の腕を取った商会長は足早に町の出入り口に向かった。

バリケードは、建築に数日かかった。

いつにない緊張感に包まれたまま、突貫工事でどうにか即席のものが出来上がったのだが、期日を過ぎても幽玄の牙がやってこない。

密《ひそ》かに森の中に偵察にいった木こりが血相を変えて戻ってきた。

「や、奴らがいねえ……！　逃げたとか移動したとか、そんな生ぬるい話じゃあねえ！　血だよ、血……！　とんでもねえ血液が、アジトに流れてやがった……だが死体は残ってねえんだ」

盗賊よりも恐ろしい何かを目にしたように、木こりは顔を青くして町の人々に聞かせた。

「き、気になるなら見に行ったらいい……。ありゃあ、森の守り神アイヴィ様の仕業だ。大の大人が跡形もなく消えちまうなんて、そうに違いねえ……！」

迫真の表情で語る木こりを、鼻で笑う人間はいなかった。

「アイヴィ様が、町を救ってくれたんだ」

「ああ。きっとそうだ。町の危機を察知して、助けてくださったんだ」

「祭りだ……祭りをしよう！」

「そうだ！　アイヴィ様に感謝する祭りだ！」

緊張が一気になくなった反動と安心もあったんだろう。

この日、アイヴィ様という大蛇への感謝祭が開かれた。

以降、毎年この日は祭りとなり、作物を捧げるという風習ができた。というか、できてしまった。

そういうことで、アダムスこと俺が盗賊を掃除した一件は、森の守り神が町を守ってくれたという一種の伝説となってグリーンウッドの町に語り継がれることになったのだった。

12 新しい日常

感謝祭が終わり数日が経った。

町はいつも通りの日常を取り戻していた。

幽玄の牙の件は、いい教訓になったのではないだろうか。心構えや訓練にもなっただろうし。

まあ、襲われないのが一番なのだが。

朝食が終わったあと、ソフィンには食堂に残ってもらい話をすることにした。

「ソフィン、みんなとは馴染《なじ》めたか？」

「うん。先生が作ったキシドロ？　あれめっちゃ楽しいね」

「そうだろう、そうだろう」

ロザとソフィンは、あれからホームで暮らしはじめた。ソフィンは、雑で粗野な部分があるが、真《ま》っ直《す》ぐな子だとわかった。良くも悪くも裏表のない性格をしている。

そのせいか、先住の子供とはすぐに打ち解けたようだった。

「ロザとは何か話したか？」

「え⁉　ろ、ロザが何⁉」

動揺しすぎだろう。

motosaikyou ansatsusya ha inaka de hissori shinpu ni naru

森でもうっすらと思っていたが、他にわかったことといえば、ソフィンはどうやらロザのことが好きらしいということだ。

「今後のことだ。何か聞いてないか？」

「い、いや全然」

「そうか。ソフィンは、ホームは気に入ったか？」

「うん！」

「良かった。じゃあ、年下の子たちの面倒もきちんと見てくれよ？　お兄さんなんだからな」

「わ、わかった……！　やってみる」

話が終わると、ソフィンは庭で遊んでいるちびっこたちの下に向かった。

「おもちゃは順番に使うんだぞ！　こら、ケンカすんな！」

思った通りソフィンは、曲がったところのない素直ないい子だった。

さっそく兄貴風を吹かしまくっている。

単純というか、なんというか。あの盗賊団内では、弟みたいな感じで可愛《かわい》がられていたのかもしれない。

ロザを探すと、レベッカと一緒にいた。

洗濯の手伝いをしているようで、レベッカから渡された衣類を専用の棒に干していっている。

俺から見た感じでは、ロザはソフィンほど打ち解けた様子がない。ソフィンが早すぎるだけかもしれないが。

「先生どうしたの？」

「レベッカの手伝いなんて、偉いな、ロザは」

「そんなことないわ」

頬が緩んだのを隠すようにして、つん、とそっぽを向いた。

ひねくれているのは、意外とロザのほうだった。

「家でもこれくらい私一人でやっていたから、できて当然よ」

「ホームでの生活はどうだ？」

「まあまあよ」

ロザって、案外高飛車なのな。

エミリアにちょっと似てるんだよなぁ。

面影をつい重ねて、微笑《ほほえ》ましくなってしまう。

「ザック。ロザは、家事がとても上手にこなせるので、本人が嫌でなければメイドとしての仕事を探してあげてもよいかもしれません」

「レベッカのお墨付きなら安心だな」

レベッカが聞き出したことだが、ロザとソフィンともに一二歳だった。これくらいの年になれば、町で仕事をする子もいる。本人が望めばだが。

「食事の支度、掃除、洗濯……ここに来てから私を手伝ってくれていますが、そつなくすべてやってくれます。おうちでやっていたというのは、伊達《だて》ではないようです」

「褒められているぞ、ロザ」

「ふ、ふうん。あ、そ……」

ソフィンと違って全然素直に喜ばない。口元は嬉《うれ》しそうにゆるんでるくせに。

「でも、私、よそで仕事するつもりはないから。……レベッカの手伝いがしたいの」

思ってもみない発言に、俺はレベッカを一瞥《いちべつ》する。

小さく彼女の口が動いた。

私のことを修道女だと信じている、と言っていた。

なるほどな。望むのなら、そういう道もありだろう。

「レベッカもロザのことは十分評価しているし、子供たちと遊んでもいいんだぞ」

「気が向いたらね」

と、大人みたいなことを言う。

この年頃の女子は、男子に比べてみんな大人っぽいからな。

レベッカの手伝いで四六時中ついて回るなら、子供たちと遊ぶことも結構ある。多少時間はかかるかもしれないが、ゆっくりと馴染んでいくだろう。

ひとまずは、ここの生活に不満はないようで良かった。

レベッカにロザのことを頼み、物干し場から離れようとすると、とことこ、とロザが近寄ってきた。

「ねえねえ、先生」

「うん？」

ロザはレベッカをちらっと見て、口元に手をやってひそひそ話をする。

「レベッカは、先生とどういう関係なの？」

出た。

年頃女子、最大の関心事。

すぐ俺とレベッカが付き合ってるだの結婚してるだの好きだの嫌いだの、想像してきゃっきゃするんだから。

「レベッカは、ホームの運営を手伝ってくれる仕事仲間というか相棒というか、そんな感じだ」

「いいの、いいの。そんなの。子供を納得させるための建前でしょう？」

この、おませさんめ……。

「だってレベッカは、綺麗《きれい》で賢くておっぱいが大きいから、他の男の人が放っておくはずないもの。だから先生とイイ仲なのかしらって」

「うん。俺も魅力的な女性だと思うよ」

これは本音。

ホームのおませボーイズには、レベッカは憧れのお姉さんだからな。理知的でお淑やかで世話好きで、そしておっぱいが大きい。

「先生は、レベッカのことが好きってことでいいのね？」

「あのな、ロザ。俺とレベッカは、異性としての好きだの嫌いだの、そんな枠に捉われない、いわば大人の関係ってヤツだな」

かぁぁぁぁ、とロザの顔が赤くなった。

「ふ、不潔っ」

「なんでだよ」

「レベッカに言わなくちゃ！　先生はレベッカで遊んでるんだって」

「おい、誤解を生むようなことは――」

俺の話なんて聞いてないロザは、ぴゅーん、とレベッカの下に戻って、またひそひそとやる。ケダモノを見るような目で俺を見て、またレベッカに何か言った。

レベッカは俺と目が合うと、いたずらっぽくくすっと笑った。そして、ロザに物悲しげな憂い顔を作ってみせる。

「……わかっていました。院長先生は、私とは割り切った遊びの関係なんだと。私は、あんなに本気なのに」

「先生、酷《ひど》いわ」

「おいこら」

子供を使って遊ぶなよ。

仕事の都合上、割り切った関係であることは否定しない。ビジネスパートナーだからな。

で、俺はレベッカで遊んだことなんて一度もない。

むしろ、俺がこうやって遊ばれているくらいだ。

「可哀想《かわいそう》なレベッカ……」

「いいのですよ、ロザ。この身は神に捧《ささ》げたのです。誰かと結ばれようなどと思ってしまった私が悪いのです」

エセ修道女が何を言ってるんだか。星道教会の修行なんてしたことないだろうに。

レベッカの演技が上手《うま》すぎるせいで、ロザも完全に信じ込んでしまった。

「なんて切ないのかしら……悲恋だわ」

ロザ、からかわれてるぞ。レベッカも遊びすぎだろ。

俺が完全に悪いやつだと認識されてしまったが、普段の俺たちを見ていればそれも誤解だとわかってくれるだろう。

「そうだ、ロザ。このあと、みんなで運動するけど、参加するか？」

「運動？」

「院長先生が体の動かし方や武芸を教えてくれるのです」

と、すかさずレベッカが解説してくれた。

「私は興味ないわ。遠慮しておく」

「そっか。気になったら見においで」

改めて物干し場から離れると、俺は子供たちに声をかけて参加者を募った。

集まったのは、七人ほど。その中にはソフィンもいた。

「そういやソフィンははじめてだったな」

「うん。なんか面白そうだからやってみる」

大人なロザとは大違いで、男子は同じ年でも全然子供だよなぁ。

「ざっくり説明すると、体の正しい動かし方を学んでもらう授業だ」

「正しい動かし方？　もう動かせるけど？」

ソフィンが疑問を口にすると、先住の子たちが、「やれやれだぜ」「初見さんはこれだから」と上から目線で首を振っている。

「正しい動かし方っていうのは奥が深いんだ。ソフィンが言ったように、確かに動かすことはできるが、それは筋肉に頼った動かし方で、正しいやり方を学べば疲労は減って出力が大きく変わる」

「はあ……？」

「まあ、やってみせたほうが早いか」

俺は一人の子を選んで、ソフィンとかけっこさせることにした。

「いや、先生……さすがに負けないって」

競争するのは、六つの子。ソフィンとは身長差もかなりあった。

「ソフィンの兄ちゃん、今言ったこと、覚えといてね」

「む」

挑発されたソフィンは、わかりやすく不快感を表情に出していた。

「いいぜ。負けても泣くなよな」

「よし。じゃあ、あそこの大岩まで競争な」

俺は一〇〇メートルほど先の岩を指さした。

二人が並んで、スタートの準備に入ると、俺がぱちんと手を叩《たた》いたと同時に走り出した。

ソフィンたちが並走したのは序盤だけ。

「ぐぬおおお、なんでだよぉぉぉぉ⁉　めちゃくちゃ速ぇなぁぁあ⁉」

どんどんソフィンは離されていった。

先に岩にタッチしたのは六つの子のほうで、かなり余裕の勝利だった。

「へへへ。遅っ」

「くそぉ……」

ひいこら言ってソフィンは岩にたどり着く。

残った俺たちも、岩まで移動することにした。

よいしょ、と俺は岩に腰かける。

「ソフィン、この子は『運動』をはじめた子供の中で一番遅いんだぞ」

「マジかよ……って、うわああ⁉　先生いつの間に⁉　さっきまであそこにいたのに！」

いいリアクションするなぁ、ソフィン。

え、えええええ⁉　とさっきまでいた場所と俺を何度も見比べていた。

「片足が地面に着く前に、もう片方を前に出すだろう？　地面から受ける反発を推進力に変えて前傾姿勢を保って空気抵抗を限りなく低くすればあれくらいは——」

「待って待って、何言ってるか全然わかんない！　みんなわかんの⁉」

へへへ、とみんな鼻の下をこすって訳知り顔だった。

「理屈は教わったけどな」

「ああ。理解はしてんだぜ」

「でも、あそこまではできねえ」

「できねえのかよ！」

ソフィンが入ったことで、賑《にぎ》やかになっていいな。

こういうタイプの子がいなかったから、騒がしくていい。

「それができるようになるための『運動』なんだ。走るだけじゃなくて、人間の動きすべてに正解の動きがある。骨格、筋肉、関節……それぞれを上手く使って滑らかに体重移動させることで、何倍ものパワーが出るんだ」

「奥深ぇ」

素直な性格であることは、何をするにしても上達が早い。聞いたことや見たこと、感じたことを自分の中にまず取り入れようとするからだ。

ホームの卒業生で名を馳《は》せている子、全員に共通している。

「知識を蓄えること、それらを理解すること、その上できちんと動かせること。それができたら……」

俺は岩から降りて、手刀を作り岩に叩きつける。

バゴン、と岩が一部斬れた。

「こういうのもできるようになるぞ」

「はぁぁぁぁあ⁉　何それぇぇぇぇえ⁉」

目を真ん丸にしてソフィンが驚く。

「ま、まさか、みんな、でき……」

周りの子たちをソフィンが振り返ると、ぶんぶんと首を振った。

「「「できない」」」

「だ、だよな⁉　よ、よかった！　みんな『腕ゴリラ』なのかと思った」

腕ゴリラってなんだ。

「いや、あれは先生だけ」

「うん。卒院したお兄《にい》ちゃんもお姉ちゃんたちも、あんなのできないし」

「先生、神父のくせに強すぎだろ」

何言ってるんだ、と俺は男ならではの論理を展開する。

「弱いより強いほうがいいに決まってるだろ？」

「「「たしかに」」」

男の子だなぁ。

俺は微笑みながらうなずく。

五歳あたりから強さに対する憧れみたいなものが出はじめて、俺の『運動』も結構熱心に参加してくれる子が多い。

逆に女の子は、強いだのなんだのという論理は通用せず、ハァ？　みたいな顔をされることが多い。

「先生、僕も強くなれる⁉」

「なれる」

「即答⁉　嬉しいけど、マジ？」

「マジのマジだ。俺もソフィンが強くなれるようにできる限り手助けする。納得いくまで付き合ってあげるよ。いきなりは強くならないから、ゆっくり頑張っていこう」

「うん！」

こうして、ソフィンも『運動』するときは必ず参加するようになった。

終わってからも、動きを見てほしいとお願いされることもあった。

ソフィンのその素直さや頑張りに感化された同年代の男子も、ソフィンに負けじと居残って鍛錬することが増えていった。

後から鍛錬するようになったソフィンに抜かれたくない、というのが一番なのかもしれない。

新しくホームで暮らす子が増えると、こういった副次的な効果があったりして面白い。

13 出自

「先生は、どうやって神父になったの？」

ある日のこと。

夕食が終わり、ホームの子たちが続々と入浴しているような時間。

俺が食事の片づけをしていると、ロザが尋ねた。俺を手伝ってくれるようで、何枚も重ねたお皿を流しまで持ってきてくれた。

「どうやって、か。星道教会の司教様のところで修行するんだ。そこで認められたら神父になれるんだよ」

「じゃあ、レベッカもそうしたのね」

「えっと、ああ、うん」

レベッカは偽物《にせもの》だからなぁ。教会務めをしやすくするために身なりをそれっぽくしているだけで、冠婚葬祭のとき、人前で祈りを捧《ささ》げるような仕事はさせていない。

「ロザは、修道女になりたいのか」

「ええ。レベッカみたいな綺麗《きれい》で賢くておっぱいが大きい修道女になりたいの」

「憧れるポイントがズレてるような」

おっぱいは努力でどうにかできるもんでもないだろう。

「なら、勉強を頑張らないとな。レベッカは博識で思慮深い。知識や教養が品性となる。たぶん、ロザが感じているレベッカの魅力は、そういったところから来ていると思う」

「勉強……好きではないけれど、頑張るわ」

ロザが皿を流しにおくと、俺は頭を撫《な》でた。

「うん。そうしなさい」

「んもう！　頭を撫でないで。小さい子じゃあるまいし」

ぷん、と怒ったロザは、大股で食堂を出ていった。

「リトルレディの扱いは、難しいなまったく」

ボヤいて、俺は食器を洗いはじめた。

ふと、先日レベッカが調べてくれたソフィンとロザの出自のことを思い出した。

『ソフィンは、元々王都外れの町出身の孤児だったようです。幽玄の牙が襲撃したとき、雑用をさせる目的で連れ去ったとか。本人の弁と相違ありませんでした』

簡単に言うと、ソフィンやロザが教えてくれた自己紹介の裏を取ってもらっていたのだ。

『ロザも同じく相違ありませんでした。村の子で両親や祖父母に愛されて育てられ、襲撃を受け囚《とら》われる。奴隷商人に売られる寸前、ザックが救出。……ですが、気になることが』

「先生！　ちょっと捕まえて」

風呂のほうから声が聞こえると、四歳の男の子が全裸で脱衣所から出てきたところだった。

「こら。体を拭いて服を着ないと風邪ひくぞ」

がしっとその子を捕まえた。

「やー!? つかまったぁあ」

「そりゃ捕まえるさ」

楽しげにじたばた暴れる子を脱衣所まで連れて戻り、世話をしていた男の子がやれやれといった様子でその子の体を拭きはじめた。

「なんで逃げるかなぁ」

「人のことは言えないんだぞ?」

「え。俺?」

「うん。男子はとくにな。全員一回はやるから」

そうだっけー? と男の子は首をひねり、服を着せていった。

出入り口を通せんぼして、脱走しないか見張っていると、ふと、気配を感じた。

「……」

外だ。

教会にやってきた礼拝者ではない。意図的にこちらを窺《うかが》っているような、そんな気配。

俺に何か用が……?

教会やホームの扉をノックしない来訪者だ。きっとロクでもないに違いない。

「絵本を読んであげよう。さ、ベッドにいこう」

「はーい」

小さな子を促し、俺は子供たちの寝室へ向かう。

警戒していると、その気配はすっと消えた。

用があったわけじゃないのか？

不思議に思いながら、俺は絵本を適当に選び、ベッドの脇で読みはじめた。

ロザ

「これで足りてんの？」

「足りてるわ。レベッカが用意してくれたお金よ。あんたの頭より全然信用できるわ」

「ロザって僕にはなんかあたりキツくない？」

「あんたがレベッカを疑うからよ」

ロザとソフィンは、レベッカに頼まれて町にお使いに来ていた。

渡された財布の中身と買い物リストを見比べて、ソフィンが首をかしげたのだが、ロザからすれば、財布のお金は少し余るくらいだと思っていた。

「僕、この町の市場来るのはじめてかも」

「私もよ」

まだ行ったことがない二人に対するレベッカの配慮である。

朝のうちが新鮮だから、という理由で、二人は朝食を食べたあとすぐにホームをあとにした。

リストを見て、市場が並ぶ通りであちこちをきょろきょろきょろする二人。

「チーズってこっちのほうかな」

「ちょっと、先に言いなさいよ。通り過ぎた店においてたわ」

「ロザだってちゃんと把握しておけよ」

「全部は無理よ」

言い合いをしながらも、不足している食材を買っていく二人。

ホームの食事は、レベッカが担当している。料理に興味がある子供がときどき手伝うこともあるが、レベッカがすべて作っており、食材の残量のすべてを把握しているのもレベッカだった。

こうして買いつけにいくこともあるが、町の農家や牧場から教会に寄付されることもあった。

「重っ……」

お使いも終盤に差し掛かると、あれこれ買ったせいで買い物かごは食材でいっぱいになっていた。

「頑張って。男の子でしょ」

本当は重くて今にも手を離してしまいそうだったが、ロザの応援一言でソフィンに活力が戻った。

「お、おん。まあ、言うほど重くないかも」

「なら良かったわ」

こうしてつつがなく買い物が終わり、二人は市場を後にする。

その帰り道。

道の途中に、男が三人立っていた。

顔に傷がある若い男、初老の白髪の男、細身の眼鏡の男。

ロザは視線を感じて、嫌な予感を覚えた。

「……ソフィン、忘れ物したわ」

「忘れ物？　何を？」

「いいから」

ただなんとなくの直感でしかなかった。説明に時間を割くのも面倒で、ロザは回れ右をして市場のほうへ道をたどり始めた。

「お、おい！　ロザ！　買い忘れは何もないぞ？」

ソフィンがあとからついてくる。

それを追い越し、ロザの行く手をさっきの顔に傷がある男が立ち塞がった。

「ロザリア・パトリシア様ですね」

「……違います。人違いです」

きっぱりと言うと、傷の男は他二人に確認する。二人とも確信めいた表情で何度かうなずいた。

再び傷の男が尋ねた。

「『双鷲《そうしゅう》の会』のことは、ご存じですね？」

「知りません」

「ロザ、この人たち誰？　知り合い？」

わけがわからないソフィンは、傷の男とロザの顔を見比べる。

「知らない」

「ロザリア様。我ら『双鷲の会』は貴方様の事をずっと探していたのです」

初老の男が言うと、ロザは警戒心を募らせた。

「両親やおじいちゃんおばあちゃんが勝手にやっていたことで、私は無関係よ」

「そういうわけにはいかないのです。村が外道に襲われ行方知れずとなって、非常に心配していたのです。まず、ご無事で何よりでございました」

「ロザ、こいつらなんなの⁉」

「あんたは先に帰ってて。レベッカにお釣りはちゃんと渡すのよ」

「わけわかんねえよ！　説明しろよ！」

「坊主《ぼうず》、おまえは関係ない。怪我《けが》をしたくなければ、さっさと失《う》せろ」

傷の男が凄《すご》むが、ソフィンはロザの前に立ち吠《ほ》えた。

「おまえらロザになんかする気だな⁉　この子は、今ようやく毎日楽しく暮らせるようになってきたんだ。それを邪魔するなよ！」

傷の男が眼鏡の男に目をやると、「まあ仕方ないでしょう」と応えた。

その瞬間。

ドフンッ、と傷の男の拳がソフィンの腹に突き刺さった。

「アッ――がはッ⁉」

下半身が浮き上がるほどの強烈な攻撃に、ソフィンは倒れ込んだ。

血の気が引いたロザが、ソフィンに駆け寄って背をさする。

「ソフィン⁉」

「ロザリア様、行きましょう。彼は放っておきなさい。所詮、住む世界が違う人間なのです」

眼鏡の男が促すが、ロザは動かない。

「手荒な真似《まね》は極力控えるつもりですが、貴方様がテコでも動かないというのなら、我らにも考えがあります。教会の裏に家があるようで……元気な子供がたくさんいましたねぇ」

初老の男がにこやかに言った。

「子供たちを使って脅すなんて！」

「使命のためとあらば、手段は選びませんので」

ははは、と初老の男は静かに笑う。

その様子を見て、ロザは諦めたように項垂《うなだ》れた。

「わかった……わかったから、関係ない人を巻き込まないで」

男たちが三人顔を見合わせてうなずく。

「賢明なご判断、非常に助かります。では参りましょう、ロザリア様。馬車を町の外に用意しております」

初老の男が言うと、ソフィンがよろりと起き上がった。

「ロザ、逃げて！」

おおおお、と雄叫《おたけ》びを上げて初老の男に突っ込んでいく。ソフィンは勢いそのままに初老の男を倒した。

「グッ……く、このッ、ガキッ！　何をする！」

「ロザ！」

ソフィンが呼んでもロザは動かない。

すると、ソフィンの襟首を傷の男が掴《つか》み上げ、そのまま地面に叩《たた》きつけた。

「邪魔をするな、ガキ」

「ぐあ――っ⁉」

「ソフィン⁉　――やめて！　巻き込まないでってさっき言ったでしょ⁉」

「邪魔をするのなら別です」

再びソフィンの様子を確認するロザ。呼吸が荒くて早い。酷《ひど》い怪我を負っているのは明らかだった。

「ロザ……逃げ、て……」

「バカ！　なんで余計なことを」

自分を逃がそうと体を張ったソフィン。自分は彼らに連れていかれるとしても、このまま放っておくことはできなかった。

ロザはソフィンの背中にそっと手をあてる。

「輝きよ、傷を癒やせ。『キュア』」

治癒魔法の一種が発動した。

ソフィンの体が淡く光り、男たちが感嘆の声を上げた。

「こ、この輝きは――！」

「まさしく末裔《まつえい》の証《あかし》……！」

「聖魔法『キュア』だ」

滅多なことでは使ってはならない、と家族に固く禁じられていた魔法。

そのときはよくわからず、家族たちも「疲れてしまうから」というふわっとした理由しか教えてくれなかったが、ロザはどうして家族がそう言っていたのか、わかった気がした。

「まさしく、聖王様の末裔《まつえい》の証……」

魔法を使い終わったロザが立ち上がると、男たちは敬意を表すように片膝をつき、面を伏せた。

ザック

朝の礼拝が終わり、今日は珍しく礼拝者との世間話が手短に済んだおかげで、優雅な午前中を過ごせていた。

「穏やかだなぁ」

食堂にいる俺は、レベッカが淹《い》れてくれたコーヒーをすすり、外を眺める。

「いい天気だ。洗濯物がよく乾きそうだ」

「さっきから何を一人でぶつぶつ言っているのですか」

家事と子供たちの世話が一段落したレベッカもカップを持ってきてそばに座った。

「どうでもいい独り言だよ」

そうですか、とレベッカもコーヒーを一口飲む。

「ソフィンとロザにお使いを頼んだのですが、遅いですね」

「どっかで道草食ってるんだろう」

ソフィンはロザに片思い中だから、レベッカが偶然頼んだお使いは、一種のデートみたいなもんだ。ソフィンがはりきって空回りしているところが目に浮かぶ。

「先生――！」

男の子が一人食堂に駆けこんでくると、外を指さした。

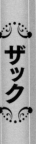

「ソフィンが！」

「ん？　どうした？」

怪訝《けげん》に思っていると「いいから早く！」と急《せ》かされ、カップを置いて外に出た。

ホームの子たちが何人か心配そうに集まっていて、その中心にはソフィンがいた。

ぐちゃぐちゃになった買い物かごのそばでうずくまっている。

「ソフィンがずっと泣いてて」

子供たちの輪に入った俺はしゃがみ込んだ。

「ソフィン？　……ロザはどうした」

「先生ぇ……うぅぅ……うぐぅ……」

嗚咽《おえつ》するソフィンを落ち着かせようと、俺は背負って家の中まで運んだ。

心配そうについてきた子供たちに、「ソフィンは大丈夫だ。気にせず遊んできなさい」と言って解散させる。

やってきたレベッカがソフィンの体を触って確認した。

「怪我は…………なさそう、ですね」

「怪我がない？」

「はい」

服は汚れ部分的に破れているし、おそらくソフィンの血がついている。

なのに、怪我がない――。

真っ先に思い浮かんだことがあった。レベッカも思い至った結論は同じだったようだが、その本人がいない。

「ロザはどうしたんだ？」

「先生、ロザが、変な大人に連れて行かれて――」

ソフィンは一部始終を教えてくれた。

お使いの帰り道。双鷲の会と名乗った男たちが、ソフィンを半強制的に連れて行ったという。

ソフィンは、ロザを守ろうとしたが、一人の男にボロボロにやられてしまい、意識を失ったそうだ。

「双鷲の会の話は聞いたことがあります。悪逆非道な暴君・タイラーを聖王と呼び、彼の思想、理念を再現しようとする地下組織です」

「そんな会が？　ちなみに、人道支援を無償で行う慈善団体だったり……」

「しません。残念ながら。武装派組織で、各地で王国に対する反乱を主導しているという噂《うわさ》もあります」

「な、なんで、ロザがそんなやつらに連れて行かれるんだよ⁉」

「わからない。ソフィンを助けた力と何か関係があるのかもしれない」

と、俺は濁しておいた。

ロザの家系は、暴君タイラーの末裔だとレベッカは以前教えてくれた。

その証として一番わかりやすいのが、先天的に聖魔法が使えることである。本人が何も言わなかったので確認するつもりはなかったのだが、やはり使えたのだろう。

ロクでもない組織であれば、そんなロザを攫《さら》って反乱の旗印にしようと企《たくら》んでも不思議ではない。

本人が隠していることであれば、ソフィンやホームの子供たちには伏せておいたほうがよさそうだ。

「レベッカ、やつらの本拠地を割り出せるか？」

「当然です」

「さすがだな」

「恐縮です」


うちの子を攫って、傷つけて、絶対に許さん。


今思えば、何度か感じていた気配。

あれは俺に対するものではなく、ロザの動向を窺っていたものだ。

「背景を知っていたのに、軽率にお使いを頼んでしまった自分に腹が立ちます」

レベッカが静かに怒っている。

組織のやつらにもそうだろうが、自分の判断ミスを一番怒っているんだろう。

「ソフィンに乱暴して連れ去るやつが悪い。レベッカの失点ではないよ」

レベッカは首を振った。

「汚名を濯《そそ》ぐのは早いほうがいいです。……すぐに割り出します。少々お待ちください」

そう言い残してレベッカは部屋を出ていった。

「先生、これからどうするの？」

「どうするって、うちの子なんだから返してもらうつもりだよ」

平和的な交渉ができる相手であれば、あんなやり方で連れて行かないだろうが。

ロザが言うことを聞いてしまったのは、ホームに迷惑がかかってしまう、というのがあったのかもしれない。

やっぱりあの子は優しい子だ。

「そんなこと心配しなくてもいいのにな」

そのための、俺やレベッカだ。

うんと伸びをして、簡単に体をほぐす。

体調は上々。

悪くない。

悪くないって思えるってことは、上出来ってことだ。

「先生。僕も連れて行って」

「ダメだ」

「どうして⁉」

「危ないからに決まってるだろ。ソフィンはここで俺とロザの帰りを待っててくれ」

「嫌だ！」

俺は即答したソフィンの顔を摑んで目を見て言う。

「これは遊びではない。場合によっては簡単に人が死ぬ。おまえの正義感は、足手まといでしかない」

冷たい言い方だが、事実そうだ。

ソフィンは、何も言わずにただじっと俺の目を見つめていた。

瞳には覚悟の色が浮かんでおり、言葉以上に雄弁に物語っていた。

手を離すと、唇を嚙《か》みしめて肩を震わせた。


「僕が、弱いから」


「ああ、そうだ」

「だから、ロザを守れなかったんだ。先生みたいに強かったら、何事もなく家に帰ってこられた
――僕が、弱いばっかりに……」

膝を摑んだ拳に涙が零《こぼ》れ落ちる。

ぐすん、とまた泣き出したソフィン。

泣いていたのは、男たちに痛めつけられたからでも、ロザを奪われたからでもなかったらしい。

「もっと強かったら……！」

ソフィンは、好きな子を守れなかった自分が、ただただ悔しくて、情けないのだ。

彼の気持ちはわかる。

だが、短期間でぐんと強くなる方法はない。であれば、やはり足手まといなのだ。

強さというのは、肉体的、技術的なことだけではなく、鍛錬する日々の積み重ねによって、精神をも育むもの。それが強さに繋《つな》がる。短期間で手に入れられるものではない。

俺が今何かを教えたところで、ソフィンの今日と明日に大差はない。

となると、俺一人で拠点に乗り込んでロザを救出するほかないだろう。

じゃあ、変装は必須だ。片田舎の神父がそんな大立ち回りするべきじゃないし、残党の報復があったりすれば、町や星道教会に迷惑がかかる可能性がある。

「もっと早く先生に出会っていれば、僕は今よりは強かったはずなのに」

涙を拭いながらソフィンは悔恨をつぶやく。

悔しいだろうな、好きな子を守れずに連れて行かれるだなんて。

その素直さ、力への渇望《かつぼう》、向上心……ソフィンは強くなれる素質を十分に秘めている。

先天的な才能を上回れる何かがあるとすれば、それは強靭《きょうじん》な意思と精神力だと俺は思っている。

「経験や実体験は、千の鍛錬に勝る……か」

俺はつぶやいて、ソフィンの肩を叩く。

「ソフィン、どうなってもいいという覚悟はあるか?」

「え?」

「ロザを救い出すために、自分はどうなってもいいという覚悟はあるか？」

「もちろん」

涙に濡《ぬ》れていた目に火が灯《とも》ったように感じた。

「いい返事だ」

少しでも戸惑うようであれば、提案しないでおこうと思ったが、ソフィンなら大丈夫だろう。

「足手まといは承知の上で連れて行こう」

14 双鷲の会

過去、大陸の半分を版図に収め、晩年は悪逆の限りを尽くした暴君として知られるタイラー王。

双鷲《そうしゅう》の会では、彼こそ大陸を統一すべき人物であり、武力によって秩序を守る、というタイラーの理念を成し遂げるべし、という考えだった。

これは、両親、祖父母も同じ内容をロザに伝えていたので、改めて知る必要はなかった。

「聖王様について、他に知りたいことはありますか？」

初老の男……ザナックスがロザに尋ねる。

「どうして聖王と呼ばれているの？　書物には、悪いことしか書かれていないわ」

「歴史というのは、勝者が勝手に捻じ曲げ改ざんするものです、ロザリア様。すべて、タイラー様を悪としたい、現王国に連なる種族が適当に書いたものです」

「じゃあ、嘘《うそ》なのね？　聖魔法を使って死にそうな奴隷を治癒して、ボロボロになっても使役したり、気に食わない町や村を聖魔法で破滅させたり……」

「はい。すべて嘘にございます」

そういうものなのか、とロザは納得するしかなかった。

そのタイラーが存在したのは、もう五〇〇年以上も昔のこと。事実を知っている人間は誰もいない。

両親から、暴君または聖王と呼ばれるタイラーの血に連なる高貴な一族であると聞かされたのは、六つのときのことだった。

きっかけは、ロザが聖魔法を知識も訓練もなく、なんとなく使えるようになったことだった。

いよいよ、といった真剣な表情で、父はロザにその件を伝えた。そして、いずれ加入することになる双鷲の会のことも。

ロザは父と祖父から、「いずれおまえが会員の頂点に立ち、今は亡きデザント武王国を復興させるんだ」と真面目に語られたことがあった。

当時はさっぱりわからなかった。我が家は、ただ畑や家畜の世話をしているだけの貧しい家庭だったし、時代が時代ならロザリアはお姫様だったんだぞ、と父に言われても、夢物語でしかなかった。

双鷲の会の中心人物でもあった家族が、幽玄の牙に襲撃されて殺されてしまったのは、ただの偶然だろう。

「ロザリア様のご家族の急死は、双鷲の会にとって、青天の霹靂《へきれき》で、大きな損失だったのです」

「そう……」

ザナックスは、両親にお世話になったこと、祖父母がどれだけ偉大だったかをロザに聞かせる。

ロザはその度に、死に際《ぎわ》のことを思い出し沈鬱な気分になる。

高貴な血を引いているとか、そんなことはどうでもよく、平和で温かだった失われた日常を思い出し、優しい家族に会いたくなってしまう。

「この本拠地で、二二時から会合を開きます。そのとき、会員の前でロザリア様をご紹介いたします。

それまでごゆっくりとお過ごしください」

そう言ってザナックスはロザの部屋から出ていく。

本拠地……そう言ったが、実際ここがどこなのか、ロザリアは知らない。目隠しされ、馬車でかなり遠くまで向かい、ここまで連れてこられたのだ。

窓の外には、見覚えのない田舎の町並みが見える。ここは一般的な家であり、双鷲の会が隠れ家として利用しているようだった。

部屋を出ようとすると、ゼットと呼ばれていた傷の男が必ずくっついてくる。ソフィンをボコボコにしたこの男を、ロザはまだ許せていない。

「ついてこないで。鬱陶しいから」

そうロザが邪険にすると、しかつめらしい顔でゼットは言う。

「ロザリア様の身に何か起きてはいけませんので」

「あ、そ。ご苦労様」

たっぷりの皮肉を込めて言ってやると、ロザはお手洗いの個室に入る。ゼットの足元が扉の隙間から見え、うんざりと大きなため息をついた。

この隠れ家で生活させられるようになり一日ほど経つが、あのゼットは護衛兼監視だろうとロザは思っていた。

一か月ほどの自由気ままで楽しかったホームでの生活とは大違いで、ここは息が詰まった。

「ゼット、いいか」

外から声がした。

「うむ。このままで」

仲間らしき男が外でゼットに話しかけている。

話半分にロザが聞いた内容は、なんとか伯爵を会員にできそうだ、とか。貴族の支援は非常に強力だ、とか。成功すれば本拠を移転させよう、だとか、そういったものだった。

なんのことはない。

双鷲の会の実態は、王国に不満を持っている貴族や大商人、役人、田舎の有力者たちに粉をかけ仲間に引き入れ、クーデターを起こそうとしているのだ。

実態はただの犯罪者予備軍の集まりで、聖王がどうとか理由をつけているだけ。

「男って、なんで戦いが好きなのかしら」

扉に向かってこれ見よがしにつぶやいてみせる。

理想だの使命だの、どうしてそんなものに時間やお金、命を懸けてしまうのだろう。ロザには不思議でたまらなかった。

ドタバタ、と慌ただしい足音が聞こえて、別の誰かがお手洗いの外から声を上げた。

「ゼット、緊急事態だ」

「騎士団か」

「ああ、おそらく」

「マズいな。何人だ？」

「一人らしい」

「一人だと？」

ごにょごにょと男たちが緊迫した声音でやりとりを続けて、足音が一人また一人と遠ざかっていく。

「……ぷぷ。いい気味だわ」

泡を食って慌てている様子が痛快で、くすっと笑ってしまうロザ。

がさごそ、と扉の向こうで音がすると、ガシャンッと大きな音が鳴った。

「きゃ⁉　ご、ごめんなさいっ」

前言を思わず謝罪するロザ。

「ロザリア様、緊急時ですのでここでしばらくお待ちください」

「ここで？　え、どういうこと――」

扉を押して外に出ようとすると、外から閂《かんぬき》がかけられているようで、出られなくなっていた。

「ちょ、ちょっと！　どこに閉じ込めてるのよ！」

ゲシゲシ、と扉を蹴って破ろうとするが、ロザの力ではびくともしなかった。

「閉じ込めるにしても、せめて安全な部屋に送ってからでしょ⁉　バカなの⁉　ここ、さっきおトイレしたばっかりなのに！　――もおおおおお最低！」

腹いせに扉を思いきり蹴ってみるが、やはりびくともしなかった。

ザック

双鷲の会の本拠地は、グリーンウッドから離れた地方都市の町中にあるらしい。

どんな手を使って調べ上げたのか、レベッカの特定速度は恐ろしく速かった。

「先生、僕は何をしたらいいの？」

早馬を飛ばす中、俺にしがみつくソフィンが言う。

「ソフィンは、ロザを助け出してくれ。その間、俺は敵を引きつける」

「わ、わかった！」

敵がソフィンのところへいかないように俺が立ち回れば、ソフィンはロザを救出できるはず。

俺が身に着けているのは、鉄製の胸当てと革の籠手《こて》。腰には剣。ぱっと見は田舎騎士だ。もちろん神父だとバレてはいけないので私服に着替えている。

騎士に扮《ふん》したのは、レベッカからの情報があったからだ。

『王国に弓を引こうとする地下組織ですので、とくに取り締まる騎士には過剰なまでに警戒しているようです』

それなら、相手の気を引くにはこれが一番だろう。

騎士が来たとわかれば泡を食って逃げ出すかもしれない。

組織の中心人物はまだしも、末端の会員はただの市民であることが多いらしい。まだ何もしてない人間を誅殺《ちゅうさつ》するわけにはいかない。

町にやってくると、レベッカが描いてくれた地図をもとに、隠れ家に向かう。

「あそこ？」

「みたいだな。あまり見るなよ」

隠れ家は、居住区画にある高い塀で囲まれた家だった。

「普通の家にしか見えないね」

「いや、かなり怪しい。あの塀が目隠しのためなら、中で何をしているのかわからない」

「なるほど」

「俺が侵入したあと、逃げる会員が出てくるだろう。その中にロザが紛れていないか確認してくれ」

「わかった！」

「上手《うま》くいけば正面の門が開くだろうが、敵と鉢合わせになると危険だ。ソフィンは裏の勝手口から中に。高い塀はあるが、おまえなら越えられる。『運動』を思い出せ」

「う、うん……！」

「そんなに緊張するな。――おまえがロザのヒーローになるんだ」

どんな励ましよりも、これが一番効いたようで、ソフィンは鼻息を荒くした。

「僕がやるんだ。今度こそ助けるんだ」

よしよし、その意気だ。

ここで尻込みするなら手伝わせるつもりはなかったが、大丈夫だろう。

「先生は大丈夫？　強いっていっても、敵はいっぱいいるんでしょ？　一人じゃ……」

誰に言ってるんだと言いかけたが呑《の》み込んだ。

この子なりに俺のことを心配しているらしい。

「ありがとう。俺は問題ない。敵を引きつけるだけだからな」

「そ、そっか。そうだよね」

ぽんぽん、と肩を叩《たた》いて、俺はレベッカが描いた地図をソフィンに渡して歩き出す。

町の全容、隠れ家の間取り、隠れ家への侵入経路、そのパターンをいくつかと脱出経路とそのパターンをいくつか。それらはすべて把握してある。

経験のおかげで、余分な情報を頭に入れる必要がなく必要最低限しか覚えないで済むので、早く覚えられる。

また、作戦の要点だけ押さえるのもミソだ。

一から十まできっちりとこなそうとしてしまうと、想定外が起きたときに瞬時に対応できない可能性がある。

要点、その優先順位、それらをきちんと頭に叩き込んでいれば、イレギュラーが起きても冷静に対処できる。

それが俺なりの襲撃法だ。

町の外に通じる排水路を見つける。それに沿って歩いていくと、人けがなくなったあたりに水車小屋があった。

レベッカの情報ではここまで明らかにされていなかったが、おそらくここのはず。

隠れ家の位置、町の地形と全容からして、十中八九ここだ。

出入口の扉をよく観察した。

外からは入れず、中から出てくることが想定されている。

「鍵が中からかかってる……。ここで間違いないな」

俺は強引に鍵を壊して中に入った。

いかにも後から被《かぶ》せました、という感じの怪しげな絨毯《じゅうたん》をめくると、正方形に切り取られた蓋があった。

開けてみると、梯子《はしご》があり、地下に通じていた。

「思った通りだ」

梯子で下までおりると、うっすらと明かりがついた通路となっていた。

この先だな。

「君たちの魂胆はすべてわかっている！　大人しく出てくるんだ！」

俺は声を響かせながら隠れ家のほうへ進んでいく。

こうして脱出経路から侵入したのは、一番安全な逃げ道を塞いでいるというメッセージでもあった。

『単独でやってきた騎士に隠れ家がバレた』『騎士の仲間を呼ばれるとマズい』『だが、一人だけならどうとでもなる』

逃げないのであれば、そう考えるはず。

「耳を澄ませば足音が一人ってことくらいすぐわかるだろう」

足音も喋《しゃべ》り声も結構響くからな。

地下通路の終わりが近づいてくると、奥の階段から四人の男が下りてきた。

「騎士様。こんなところで何をなさってるんです？」

「ここが双鷲の会の拠点だと調べがついた。全員を国家反逆罪で捕縛する」

無言になると、剣呑《けんのん》な雰囲気に変わっていった。

「他にはいないな」

「ああ。あの騎士、手柄に逸ったな」

「聖王の御名《みな》の下、粛清する」

全員が剣を抜いて殺気立った。

「血の気の多いやつらだな」

表沙汰になってない事件、いっぱい起こしてそうだ。

「ルォアアア！」

斬りかかってきた一人目の腹に拳を突き入れる。

「ぐふッ⁉」

そのまま持ち上げて後ろの三人に向かって放り投げた。

「「「うわあああ⁉」」」

うん。弱い。

まだ上にいくつか気配があるので、俺は天井に向かって叫んだ。

「応援を呼ぶぞ――!?　いいのかぁ――!?」


こんな騎士いないよな、普通。

「貴様ぁ！」

「この騎士を帰すわけにはいかん！」

倒れていた三人が立ち上がって迫ってくる。

隠れ家のほうからまたさらに数人がやってきた。

「あいつだ！」

「あいつを生きて返すな！」

「絶対に殺せ！」

大きくはない通路にはいつの間にか二〇人ほどが押し寄せてきていた。

俺は最前列にいる敵を一人ずつ黙らせていった。

腹を殴り昏倒《こんとう》させ、ヘルムで頭突きをし、股間を蹴り上げ、敵を悶絶《もんぜつ》させていった。


「速いッ」

「な――何人いるんだ⁉」

一人だけど。


「さっき一人だったぞ⁉」

「六人⁉　いや一〇人もいる！」


いや、一人だって。


薄暗いせいもあってか、俺の動きに目が追いつかないようだった。

「くそ、いつの間に仲間を呼んだんだ⁉」

「な、なんだ⁉　前のほうでは何が起きてる⁉」

劣勢とパニックで大混乱中だった。

「落ち着け！　敵は一人だぞ！」

俺がちゃんと言ってあげると、仲間が言ったのだと勘違いした敵が、ようやく俺のことを視認した。

「一人しかいないぞ！　何バカなことを！」

全員ここで寝てもらおう。

敵の剣を弾《はじ》き、また別の剣の太刀筋をそらし、テキパキと攻撃し、回避と防御を繰り返していった。

「敵がまた増えたぞ！　騎士は一人じゃないのか⁉」

「何かの魔法を使ってるんだ！」

「ああ、間違いない！　オレたちはハメられたんだ！　隠れ家ごと巨大な魔法をかけられてるんだ！」

あ。ダメだこいつら。

俺がちょっと攻撃すると見失って、あちこちに俺が登場するもんだから、一人じゃないって勘違いしてる。

人間って混乱するとこんなことになるのか。

「くっそぉぉぉぉお！　周到で卑劣な魔法使いめ！」

雄叫《おたけ》びをあげて突進してくる男を軽くいなして足をかけて転がす。

ごん、と鞘《さや》の先で腹を突き、気絶させた。

これで通路に出てきた全員を倒した。

「誰が魔法使いだよ」

普段一般人として生活しているせいか、組織の末端ともなれば、武力の質はこんなものか。

やれやれ。

「……まだいそうだな？」

今日は何かの日なのか、隠れ家にやたら人が多い。

となれば、やることはひとつ——おかわりだ。

「おぉーい！　仲間が倒れてるぞぉ——！　助けてやってくれぇ——！」

15 救出劇

ソフィンは離れた場所から隠れ家を監視していた。

作戦では、騎士に扮《ふん》したザックが中に入ると、組織の人間たちは大慌てで隠れ家から逃げる者がたくさん出てくる。そのときにロザが一緒に出てこないか確認する。

出てこなければ中に侵入してロザを捜索、救出するという作戦だった。

そのはずだが。

「……誰も出てこないんだけど」

隠れ家はしん、と静まり返っている。

ロザどころか、敵の会員の一人すら出てこない。

想像では、蜂の巣をつついたような大騒ぎになると思っていたのだが、隠れ家は静寂に包まれている。

「これ、入っていいのかな」

ザックが一人で全員倒してしまえば、ソフィンの出番はなくなる。

普段まったく着ない装備を着込み、敵と戦うなんて、ザックが強いとはいえさすがに無理がある。

裏手に回って再び様子を窺《うかが》うと、うっすらと話し声のようなものが聞こえた。

motosaikyou ansatsusya ha inaka de hissori shinpu ni naru

「魔法騎士だ」

「マズイぞ」

「王家直属の七騎士の⁉」

「なんでこんなところに！」

緊迫したやりとりからして、ザックが中で戦っていることがわかった。

完全に敵の気を引いてくれている。

今だ。今しかない。

覚悟を決めたソフィンは、少し助走を取って塀に向かって走り出した。

部屋の天井よりも高い塀は、無策でどうにかなるものではなく、普通に考えて何か道具が必要になるほどのものだったが、ソフィンには要らなかった。

タタタ、と身軽に地を蹴り、急加速していく。

骨と筋肉の動きを意識すると、自分の体の重さをはっきりと感じられる。

そばまで接近した瞬間、思いきり踏み込み、地面を蹴り上げた。

ほんの一瞬だけ宙に浮き、塀に取り付くと同じ要領で上に跳ね、縁に手をかけた。

うんしょ、と体を持ち上げ、誰も見ていないことを確認してするりと着地。

敷地内に侵入した。

「先生が頑張ってくれているうちに、ロザを見つけないと」

勝手口から中に入り、足音を忍ばせながら廊下を進む。

普通の家となんら変わりのない間取りで、調理場に食堂、風呂にトイレ、そして個室がいくつか。

他の家と違うところと言えば、食堂に王国全土の地図が貼ってあることだった。

赤いバツが書かれていたり、青字で人名が書かれていたりする。

怪しげな雰囲気で興味を引かれそうになるが、ロザの居場所を優先して探すことにした。

数人残っていた敵の目を避けつつ、一階の捜索を終え、二階に上がった。

「開けなさいよー！　誰かいないのー⁉」

すぐにロザの声が聞こえ、ソフィンは逸る気持ちを抑えながら声がするほうへ足を進めた。

ロザの声はトイレからだった。

抵抗はあるがそうも言ってられない。中を覗《のぞ》くと、閂《かんぬき》のように棒が個室の外にかけられていた。

「ロザ、大丈夫？」

「……？　ソフィン？」

「助けにきたよ」

「ど、どうしてここがわかったの？」

「レベッカが調べてくれたんだ。今、先生が敵の目を引きつけている。今のうちに脱出しよう！」

かけられた閂を外して、扉を開ける。そこには、いつもと変わらないロザがいた。

「良かった！　無事みたいだね」

「あんたこそ。あんなにボロボロにされちゃって……」

「ロザのおかげだよ。ごめんね。あのとき守れなくて」

「守ってもらうつもりなんてなかったから、気にしないで」

強気な普段の口調が聞けてソフィンは安心すると、先導するようにトイレから出ていく。

すると、廊下の向こう側からちょうど傷の男、ゼットがこちらへ来ているところだった。

「そこで何をしている！」

「あいつだっ、やっば！　逃げよう」

ロザの手を引いてソフィンは走り出した。

「捕まったら今度こそヤバイわよ、あなた！」

「わ、わかってるよ！　不安を煽《あお》らないでよ！」

どたばた、と廊下を走るが、ゼットの足は速い。

「きゃ⁉」

ロザの短い悲鳴が聞こえると、繋《つな》いだ手が強引に引き離されてしまった。

ソフィンが慌てて振り返ると、ゼットがロザを捕まえたところだった。

「手間をかけさせるな！　ただで済むと思うなよ小僧！」

ソフィンは大男の怒声に後ずさりしそうになる。

「ソフィン、こいつたぶん相当強いわ！　私のことはもういいから逃げて！」

ゼットは前回は抜かなかった腰の剣を躊躇《ためら》わず抜いた。

ソフィンの足元から恐れが這《は》い上がり足がカクカクと震えはじめる。

だが、拳をぐっと握り、奥歯で恐怖をかみ殺した。

引きそうになる足を前に出す。

「ロザを返せ――ッ！」

今度こそロザを助けるのだ。

誰でもない、自分の力で助けるのだ。

幸い、他に敵はいない。

ゼットさえどうにかできれば、あとは脱出するだけ。

「死ぬわよソフィン⁉　あなたには敵《かな》わないわ！」

「いい気迫だ。が、ここで死ね小僧！」

ゼットがロザを離し、両手で剣を握り上段に構える。

死ぬかもしれない、とソフィンは頭の片隅で思った。

あの剣で真っ二つにされてしまう。

だがそれがなんなのだとも思った。

元々、失って困るような人生ではなかった。幽玄の牙で小間使いをしていたソフィン。

ただ食うに困ってついていっただけだった。いずれ、ロクでもない死に方をしたはずだった。

それなら――。

ここで死ぬ。

好きな子を奪い返そうとして死ぬのなら、このロクでもない人生にも価値があったと思えるから。

自分のことをほんの少しでも誇れる最期でありたかった。


腹が決まると、さっきよりも少しだけ体が軽くなった気がした。

「ウォォォァアアア！」

奮い立たせるような雄叫びを上げると、ソフィンはゼットに向かって突進していった。

「ハハッ、その意気や良し――ッ！　だが気持ちだけではどうにもならんぞ！　それを教えてやるのも大人の務めッ」

ゼットが加減なく剣を振り下ろす。

素早いソフィンでも、この剣速からは逃れることはできない。

肩口から袈裟《けさ》がけにソフィンを両断。

……するはずだったが――。

ガギン、と硬質な音が剣から響き、付け根のあたりから折れてしまった。

「む⁉」

「ウラァァアアァァ！」

その一瞬の隙をついて、ソフィンがゼットの顎のあたりに頭突きを食らわせる。

「ぐおぁ――」

大柄なゼットがたたらを踏んで、尻もちをついた。

「こ、この……」

半身を起こして立ち上がろうとするが、なかなかできなかった。脳震盪《のうしんとう》だった。

「ハァ、ハァ……。ろ、ロザ！」

「バカ、なんで逃げないのよっ」

毒づくロザが、今度はソフィンの手を取り、廊下を走り、階段を下りていく。

「なんでって、君を助けに来たから」

「あんた、私に恨みでもあるの⁉」

「ないよ。なんでそうなるんだよ」

「私のせいで死んだら気分悪いでしょ⁉　そんなこともわからないの⁉」

これには、さすがにソフィンもムッとした。

「助けに来たのに、なんでそんなこと言うんだよ」

「人が死ぬところはもう見たくないの。それは、あんたでもよ」

「……」

ロザが今ここにいる経緯を知っているソフィンは閉口した。

「良かった……無事で」

前を走るロザが手で目元を触った。

「え、泣いてる？」

「泣いてないわよ。これじゃ、どっちが助けたんだかわからないわ」

憎まれ口を叩《たた》いてロザは首をすくめる。

「いや、僕だよ。今回は」

「さあ、どうだか」

ザックのおかげか、さっきまで一階にいた敵もいつの間にかおらず、二人は正面から隠れ家を脱出した。

ザック

「無事に脱出したみたいだな」

窓の外では、ソフィンとロザが走って隠れ家から逃げていく様子が見えた。

「さて。俺は後片付けしないと」

俺は転がっている傷の男に近づいていく。

「おまえ、か………我らの隠れ家を、荒らす者は」

ソフィンに頭突きをされて倒された男は、緩慢な口調で言う。

レベッカの調査にあったが、こいつは中心人物の一人、ゼットで間違いないだろう。

「魔法騎士……王家直属の七騎士の一人がなぜこんなところに」

「違う違う違う、全然違う」

どういう勘違いなんだ。

「おまえのような、男に……目をつけられた、我らの、負けだ……」

俺の否定は聞こえていないのか、勝手に話を進めるゼット。

やれやれ、と俺はこいつの末路を教えてやることにした。

「悪いが、こういった犯罪組織の中核……権力や人望がある人間は、殺すことにしている」

ソフィンの頭突きは、おそらく脳震盪を引き起こしたんだろう。

回復するのに、相当時間がかかっている。

石頭なんだな、ソフィンは。

俺は折れた刀身を拾って指先にあててみる。

「綺麗《きれい》に手入れしてある。いい切れ味だ」

ソフィンがこいつの斬撃を食らっていたかと思うとぞっとする。

末端の会員たちを捕縛して一段落し、二階に顔を出すと、ゼットとソフィンが対峙《たいじ》しているところだった。

俺はとっさに、どこにでもあるような小石を、ゼットの剣に投げつけて折った。

万が一に備えて、道で拾ってポケットに入れておいたのが役に立った。

ゼットはなかなかの手練《てだ》れだった。ああしなければ確実にソフィンは死んでいただろう。

刃《やいば》を逆手に持って、ゼットに突きつける。

「あんた、いい剣士だよ」

「魔法騎士に、褒められるとは……」

「違うっての。おまえたちは、国を混乱させ、陥《おとしい》れ、再び争いを引き起こそうとしていた。せっかく平和になって子供たちがのびのびと成長できる世の中になったんだ。それを乱すなんて俺は許さない」

これ以上会話するつもりはなく、俺は胸に折れた剣を突き刺した。

ゼットが血を吐いて絶命する。

それから一部屋ずつ確認していくと、まだ残っていた男がいた。

白髪の五〇代くらいの男で、他に比べて部屋の内装がしっかりしている。

中心人物の一人……ザナックスだ。

「魔法騎士にここが見つかっては、もう逃げようがない」

「違うって。誰も魔法使ってないぞ」

「フッ……王国騎士団の援軍がもうそこまで来ているんだろう?」

わかってるわかってる、とでも言いたげに、諦めた笑みを浮かべるザナックス。

だから違うって言ってるのに。

「ここは私のすべてだった。身寄りのない私は、双鷲《そうしゅう》の会の会員の先輩方に育てられた。あの方々が信じた理念を成し遂げることが我が生のすべてであり恩返しッ！　それが敵わないのであれば、この命惜しくはない！」

話が長いので、俺はあとあと捜査の役に立ちそうな書類を漁《あさ》り、とんとん、とまとめる。

「こんなところか」

「聞けぃ！」

「逃げられただろう。騎士が一人やってきたと聞いたときは。なぜそうしなかった?」

「私一人逃げてなんになる。聖王様であれば、配下の者を置いて逃げはしない！　それに、騎士一人倒せない双鷲の会であれば、聖王の志を成し遂げることなど不可能」

なるほど。

俺の襲撃は双鷲の会にとって試金石だったわけか。

「他に言い残すことは？」

すっとペーパーナイフを喉元に突きつける。ザナックスの表情が固くなったが、ぎこちない笑みを浮かべた。

「やるならさっさとやるがいい。私をやった程度で、聖王タイラーの遺志は潰《つい》えることはないぞ！」

何人も殺してきたが、こいつは、こういうタイプか。

理想や理念、恩義や教義……自分が尽くそうと肚《はら》に決めたものに殉じることができる人間だ。

悪の教義に染まり切って人生を捧《ささ》げようとしている人間は、生かしておけない。

国家転覆を目論《もくろ》む組織の中核であればなおさらだ。

ペーパーナイフで喉を薙《な》ぎ払うと、ザナックスの血が吹き出る。

俺は返り血を浴びないように後ろに回り込み、前に蹴倒す。

「先に星道教会に出会っていれば、あんた、いい司祭様になったと思うよ」

言葉を手向けて、俺は部屋をあとにした。

もう一人の中心人物の素性は割れている。

捕縛した末端の会員たちとその情報を騎士団に引き渡そう。

防具類を脱ぎ捨てて身軽になった俺は、この町の治安を預かる騎士団の詰所に行き、無知の町民を装って通報した。

双鷲の会は、この地域では犯罪組織の一派であると認識されていたようで、通報を感謝された。

「崇高な理想なんて、他人からすりゃただの危険思想だからな」

俺は大勢で隠れ家に向かう騎士たちを見送りながら、ぽつりとつぶやいた。

さ、帰ろう。

今頃、ソフィンとロザは帰路の途中だろうか。

ケンカせずにちゃんと帰れてるかな。

俺は乗ってきた馬をのんびり走らせながら、グリーンウッドの町を目指した。


数日後。

「やあやあ、神父さん、知ってるかい」

朝の礼拝にやってきた酒屋の主人が唐突に話しかけてきた。

「何をですか？」

「リーグスターでの事件だよ。秘密犯罪組織が一夜にして壊滅……末端の構成員は騎士に捕まり、主犯格の男たちは死んでたんだってよ」

「あー……それはなかなか刺激的なニュースですね」

「だろぉ？　リーグスターはこの町よりもちょっとデカいくらいの町だぜ？　そんなところに犯罪組織のアジトがあっただなんて、信じらんねえよなぁ？」

「そうですねぇ」

「おれぁよ、たぶんだけど、仲間割れだと睨《にら》んでんだ。権力争いよ、権力争い。どこの組織も似たようなことやってんだねぇ」

と、酒屋の主人は自信ありげに考察を披露する。

「違うらしいよ、それ」

聞こえていた別の男が否定する。

「魔法騎士の功績って話だ。一人ふらっと現れ、悪い野郎どもを叩きのめしてしまったみたいだ」

「魔法騎士ぃ？　そんなのがリーグスターに？」

「密《ひそ》かに調査してたんだよ。魔法騎士って、すごい強いらしいじゃないか」

「カッコイイなぁ、魔法騎士。一人で全部解決しちまったのか」

「みたいよ」

ううん、世間ではそんなふうに言われているのか。

末端の男たちは生きているから、事情を聞いたら誰にやられたのかくらいしゃべるだろう。

であれば、ちょうどいい。

魔法騎士の仕業ということにしよう。

礼拝が終わりホームに戻ると、ソフィンが俺を待っていた。

「先生、早く『運動』しよう」

「焦《あせ》っても強くならないといつも言っているのに」

「だって、僕も先生みたいに敵をばっさばっさとやっつけたいんだ！」

ソフィンが言っているのは、隠れ家の件である。

ソフィンは、俺がすべて敵を倒してしまったのだと思っているらしい。事実そうだが、神に仕える神父が、敵をちぎっちゃ投げちぎっちゃ投げているなんて、イメージが悪すぎる。

実際やっているとしても、暴力神父が所属しているなんて公になれば、星道教会の名前に泥を塗ることになりかねない。

なので、ここは、魔法騎士のおかげということにしておいた。

「魔法騎士が現れて、悪人を全員逮捕したんだ。やったのは俺じゃないんだよ」

「魔法騎士ぃ？　じゃあ、先生は何してたのさ」

「その人の手伝いだな」

「なぁーんだ。……それもそっか。さすがに先生でも六〇人くらいだっけ？　あんな大勢と戦ったら負けちゃうか」


そ、そんなにいたの……⁉


「う、うん。そういうこと」

にしておこう。

このまま長引かせると、根掘り葉掘り当日のことを訊《き》いてくるので、俺は話を変えた。

「ロザとは仲良くなれたか？」

「別に、そういうんじゃ、ないし……」

くるん、と踵《きびす》を返してソフィンが逃げた。

「その反応は『そういうの』って言っているようなもんなんだけどな」

結果的にロザを助けたのはソフィンだ。

ロザの中でソフィンの株が大上がりしたりしなかったんだろうか。

自分を助けにきてくれて、体を張って守ったんだ。

好きになってもいいと思うんだが——。

「シスターレベッカ、洗濯が終わったら、次は何をするの?」

「ロザ……レベッカで結構です。次は、食堂の掃除をしましょう」

ロザは、帰ってきてから、レベッカにべったりだ。

前からそうだったが、より酷くなった。

今日なんて、レベッカの修道服を着ている。長身のレベッカに合わせて丈が長くなっているせいで、ドレスのように裾を持って移動している始末だった。

「ロザ、今日も『レベッカ』見習いか?」

「そうよ。レベッカは、神に仕える完全無欠の女性なの。女性は全員、レベッカを目指すべきよ。掃除も洗濯も料理も、なんでもできる上に、おっぱいが大きいわ」

おっぱいが大きいは、そんなに重要なのか? 前も言ってたけど。

ちらっとレベッカを見ると困惑したように眉根を寄せていた。

こういう表情をする彼女は珍しく、ついからかいたくなってしまう。

「ロザは、レベッカ教というわけか」

「ザック、やめてください」

ギン、と睨まれた。

からから笑っていると、ロザが真面目なことを言う。

「この前の一件でよくわかったわ。頭のおかしい教えが広まらないないように、私が修道女になって神の教えを広めるの」

「そりゃ立派な道だ」

「ふふ。そうでしょ」

修道服をひらりと翻《ひるがえ》して、ロザは食堂のほうへ行ってしまった。

残ったレベッカは、疲れたようなため息をつく。

「妹みたいで可愛《かわい》いじゃないか」

「そうでしょうか……私がエセだとわかって失望しないか心配です」

「大丈夫だよ」

だといいですが、とレベッカは言って、ロザのあとを追う。

一人になり、今日は何をしようかと考える。

空は快晴。

読書するのももったいないな。

俺は外に出て子供たちに呼びかけた。

「おーい、先生と遊ぶ人ー?」

はしゃぐように年少の子たちがやってきて、俺に突進してくる。少し遅れて世話係でもある年長の子たちも出てきた。

今日も楽しい一日になりそうだ。

あとがき

こんにちは。ケンノジです。初めましての方はどうぞお見知りおきください。

今回はDRE《ドリ》ノベルス様から書き下ろしシリーズを出させていただくことになりました。

個人的にはすごくいい物語になった手応えがあって、しばらく放置して読み返したときも「面白いなー」と手放しで思えるくらいの内容になっていました。

……読んでみてどうでしたか？

まだの方は面白いので読んでみてください。

小説を書いていていて一番楽しい瞬間っていうのは、読み返したときに面白いって思えるところなんじゃないかと思っています。小説家志望時代のときからもそうでしたけど、改めてそれを実感させてもらいました。自画自賛、自己満足、上等です。

二〇二四年で作家歴が一〇年を迎えましたが、このあたりの楽しさや感覚は色あせてないようです。

おかげ様で、本作が出版した小説の五〇冊目となりました。（翻訳版やコミカライズを除く）

いっぱい書いたなーという実感はまったくなく労力的にもっと書いてそうな気がしましたが、まだ五〇冊だったようです。

一二〇冊くらいいってそうな気持ちでした。なんなら小説家歴も一五年くらいの気持ちでした。きちんと数えると意外といってない。

二〇一五年だけが本を出せておらず、それ以外の年は一冊以上小説を出版しているというのは褒めていい経歴なのではと自分で思っています。

小説を書くことだったり、それをどうやって読者に届けようか頭を悩ましたり、なかなか大変ではありますが、面白い仕事だと思うので今後もボチボチやっていくつもりです。

コミカライズも決定していますので、連載がはじまりましたらそちらも是非お願いします。

DRE NOVELS

元最強暗殺者は田舎でひっそり神父になる
〜大出世した教え子たちに慕われるおっさんが暗躍する話〜

2025年2月10日　初版第一刷発行

著者　ケンノジ

発行者　宮崎誠司

発行所　株式会社ドリコム
〒141-6019　東京都品川区大崎2-1-1
TEL　050-3101-9968

発売元　株式会社星雲社（共同出版社・流通責任出版社）
〒112-0005　東京都文京区水道1-3-30
TEL　03-3868-3275

担当編集　藤原大樹

装丁　木村デザイン・ラボ

印刷所　TOPPANクロレ株式会社

Illustration by Reita
Printed in Japan
ISBN978-4-434-35280-5

ファンレター、作品のご感想をお待ちしております。

右の二次元コードから専用フォームにアクセスし、作品と宛先を入力の上、コメントをお寄せ下さい。
※アクセスの際に発生する通信費等はご負担ください。